佐藤　保解題

昌黎先生集

古典研究會叢書　漢籍之部　38

汲古書院

原本所藏

昌黎先生集　靜嘉堂文庫

第三期　刊行の辭

古典研究會は、影印による叢書漢籍之部第二期の事業として、平成八年春から始めて國寶、南宋黃善夫版刻の史記竝びに後漢書の刊行を圖り、十二年末に至る五年間で、二史計十五卷の刊行を無事完了した。幸いにしてこの第二期の事業も第一期に續いて好評を博し、所期以上の成績を收めることが出來た。これひとえに原本所藏の國立歴史民俗博物館のご好意によることはもちろん、また學界・圖書館界等各方面から絶大なご支援・ご協力を頂いた賜で、まことに感銘に堪えないところである。

ここに第二期の完了に伴い、引き續いて第三期の事業を發企することとなった。すなわち第三期においては、別記のように、王維・李白・韓愈・白居易の唐代、四文人に關する著作六種を、現存最善の宋・元刻本中から選んで影印覆刊することとした。珍藏祕籍の使用を許可された諸機關の盛意に對し、また繁忙の中、解題執筆を賜った諸先生に對し、深甚の謝意を表する。この第三期の事業が第一期・第二期におけると同樣、幅廣いご支援、ご鞭撻を得られるよう願ってやまない。

この影印叢書の制作・發行の事業は、もとより汲古書院によって擔當推進されるが、汲古書院においては、事業開始當初から率先ご盡瘁を頂いて來た坂本健彥氏が平成十一年に社長の職を退かれ、石坂叡志氏がその後を襲がれた。ここに坂本初代社長の永年にわたるご功勞に對し衷心から御禮を申し上げるとともに、石坂第二代社長によってこの

事業が立派に繼承され、更に一層の伸張發展が導かれるよう期待するものである。

平成十四年五月一日

古典研究會代表
米山寅太郎

古典研究會叢書　漢籍之部　第三十八卷　目　次

昌黎先生集　目次

凡例

一、本書は、靜嘉堂文庫所藏宋版『昌黎先生集』を影印收錄するものである。影印にあたり原書を約七十七%に縮小した。

一、抄補葉は、影印本文の柱にその旨を表示した。

昌黎先生集

残存 共四本 一

昌黎先生集序

門人李漢編

文者貫道之器也不深於斯道有至焉者不也易繇爻象春秋書事詩詠謌書禮剔其僞皆深矣乎秦漢已前其氣渾然迨乎司馬遷相如董生揚雄劉向之徒尤所謂傑然者也至後漢曹魏氣象萎薾司馬氏已來規範蕩悉謂易已下爲古文剽掠潛竊爲工耳文與道蓁塞固然莫知也先生生於大曆戊申幼孤隨兄播遷韶嶺兄卒鞠於嫂氏辛勤來歸自知讀書爲文日記數千百言比壯經書通念曉折酷排釋氏諸史百子皆搜抉無隱汗瀾卓踔奫泫澄深詭然而

蛟龍翔蔚然而虎鳳躍鏘然而韶鈞鳴日光玉潔周情孔思千態萬貌卒澤於道德仁義炳如也洞視萬古愍惻當世遂大拯頽風教人自爲時人始而驚中而笑且排先生益堅終而翕然隨以定嗚呼先生於文摧陷廓清之功比於武事可謂雄偉不常者矣長慶四年冬先生歿門人隴西李漢辱知最厚且親遂收拾遺文無所失墜得賦四古詩二百一十聯句十一律詩一百六十雜著六十五書啟序九十六哀辭祭文三十九碑誌七十六筆硯鱷魚文三表狀五十二總七百并目録合爲四十一卷目爲昌黎先生集傳於代又有注論語十卷傳學者順宗實録五卷列

於史書不在集中先生諱愈字退之官至吏部侍郎
餘在國史本傳

昌黎先生集卷第一

賦

感二鳥賦

貞元十一年五月戊辰愈東歸癸酉自潼關出息于河之陰時始去京師有不遇時之歎見行有籠白烏白鸜鵒而西者號於道曰某土之守某官使使者進於天子東西行者皆避路莫敢正目焉因竊自悲幸生天下無事時承先人之遺業不識干戈耒耜攻守耕穫之勤讀書著文自七歲至今凡二十二年其行已不敢有愧於道其閒居思念前古當今之故亦僅志其一二大者焉選舉於有司與百十人偕進退曾

不得名薦書齒下士于朝以仰望天子之光明今是
鳥也惟以羽毛之異非有道德智謀承顧問贊教化
者乃反得蒙採擢薦進光耀如此故爲賦以自悼且
明夫遭時者雖小善必達不遭時者累善無所容焉
其辭曰
吾何歸乎吾將旣行而後思誠不足以自存苟有食
其從之出國門而東騖觸白日之隆景時返顧以流
涕念西路之羌永過潼關而坐息窺黃流之奔猛感
二鳥之無知方蒙恩而入幸惟進退之殊異增余懷
之耿耿彼中心之何嘉徒外飾焉是逞余生命之湮
阨曾二鳥之不如汨東西與南北恒十年而不居辱

飽食其有數况策名於薦書時所好之爲賢庸有謂余之非愚昔殷之高宗得良弼於宵寐孰左右者爲之先信天同而神比及時運之未來或兩求而莫致雖家到而戶說祇以招尤而速累蓋上天之生余亦有期於下地盍求配於古人獨怊悵於無位惟得之而不能乃鬼神之所戲幸年歲之未暮庶無羨於斯類

復志賦 并序

愈既從隴西公平汴州其明年七月有負薪之疾退休于居作復志賦其辭曰

居悒悒之無解兮獨長思而永歎豈朝食之不飽兮

寧冬裘之不完昔余之既有知兮誠坎軻而艱難當
歳行之未復兮從伯氏以南遷凌大江之驚波兮過
洞庭之漫漫至曲江而乃息兮逾南紀之連山嗟日
月其幾何兮攜孤嫠而北旋値中原之有事兮將就
食於江之南始專專於講習兮非古訓爲無所用其
心窺前靈之逸迹兮超孤舉而幽尋既識路又疾驅
兮孰知余力之不任考古人之所佩兮閲時俗之所
服忽忘身之不肖兮謂青紫其可拾自知者爲明兮
故吾之所以爲惑擇吉日余西征兮亦既造夫京師
君之門不可逕而入兮遂從試於有司惟名利之都
府兮羌衆人之所馳競乘時而附勢兮紛變化其難

推全純愚以靖處兮將與彼而異宜欲奔走以及事
兮顧初心而自非朝騁鶩乎書林兮夕翺翔乎藝苑
諒却步以圖前兮不浸近而逾遠衰白日之不與吾
謀兮至今十年其猶初豈不登名於一科兮曾不補
其遺餘進既不獲其志願兮退將遁而窮居排國門
而東出兮慨余行之舒舒時憑高以廻顧兮涕泣下
之交如戾洛師而悵望兮聊浮游以躊躇假大龜以
視兆兮求幽貞之所廬甘潛伏以老死兮不顯著其
名譽非夫子之洵美兮吾何爲乎浚之都小人之懷
惠兮猶知獻其至愚固余異於牛馬兮寧止乎飲水
而求芻伏門下而默默兮竟歲年以康娛時乘閒以

獲進兮頽垂歡而愉愉仰盛德以安窮兮又何忠之能輸昔余之約吾心兮誰無施而有獲嫉貪佞之洿濁兮曰吾其旣勞而後食懲此志之不脩兮愛此言之不可忘情怊悵以自失兮心無歸之茫茫苟不內得其如斯兮孰與不食而高翔抱關之阨陋兮有肆志之揚揚伊尹之樂於畎畝兮焉富貴之能當恐誓言之不固兮斯自訟以成章往者不可復兮冀來今之可望

閔己賦

余悲不及古之人兮伊時勢而則然獨閔閔其曷已憑文章以自宣昔顏氏之庶幾在隱約而平寬固哲

人之細事夫子乃嗟歎其賢惡飲食乎陋巷亦足以
頤神而保年有至聖而爲之依歸又何不自得於艱
難曰余昬昬其無類望夫人其已遠行舟檝而不識
四方涉大水之漫漫勤祖先之所貽勉汲汲於前修
之言雖舉足以蹈道哀與我者爲誰衆皆捨而已用
忽自惑其是非下土茫茫其廣大余壹不知其可懷
就水草以休息恒未安而既危久拳拳其何故亦天
命之本宜惟否泰之相極咸一得而一違君子有失
其所小人有得其時聊固守以靜俟誠不及古之人
兮其焉悲

別知賦

余取友於天下將歲行之兩周下何深之不即上何
高之不求紛擾擾其既多咸喜能而好修寧安顯而
獨裕顧阨窮而共愁惟知心之難得斯百一而爲收
歲癸未而遷逐侶蟲蛇於海陬遇夫人之來使闢公
館而羅羞索微言於亂志發孤笑於羣憂物何深而
不鏡理何隱而不抽始參差以異序卒爛漫而同流
何此懽之不可恃遂駕馬而廻輈山磝磝其相軋樹
蓊蓊其相樛雨浪浪其不止雲浩浩其常浮知來者
之不可以數哀去此而無由倚郭郭而掩涕空盡日
以遷留

古詩

元和聖德詩 并序

臣愈頓首再拜言臣伏見皇帝陛下卽位以來誅流姦臣朝廷清明無有欺蔽外斬楊惠琳劉闢以取夏蜀東定青徐積年之叛海內怖駭不敢違越郊天告廟神靈懽喜風雨晦明無不從順太平之期適當今日臣蒙被恩澤日與羣臣序立紫宸殿陛下親望穆穆之光而其職業又在以經籍教導國子誠宜率先作歌詩以稱道盛德不可以辭語淺薄不足以自效爲解輒依古作四言元和聖德詩一篇凡千有二十四字指事實錄具載明天子文武神聖以警動百姓耳目傳示無極其詩曰

皇帝即作物無違拒曰暘而暘曰雨而雨維是元年
有盜在夏欲覆其州以踵近武皇帝曰嘻豈不在我
負鄙爲艱縱則不可出師征之其衆十旅軍其城下
告以福禍腹敗枝披不敢保聚擲首陴外降幡夜豎
疆外之險莫過蜀土韋皐去鎮劉闢守後血人于牙
不肯吐口開庫啗士曰隨所取汝張汝弓汝鼓汝鼓
汝爲表書求我帥汝事始上聞在列咸怒皇帝曰然
嗟遠士女苟附而安則且付與讀命於庭出節少府
朝發京師夕至其部闢喜謂黨汝振而伍蜀可全有
此不當受萬牛臠炙萬甕行酒以錦纏股以紅帕首
有恆其貿有餌其誘其出穰穰隊以萬數遂劫東川

遂據城阻皇帝曰嗟其又可許爰命崇文分卒禁禦
有安其驅無暴我野日行三十徐壁其右闢黨聚謀
鹿頭是守崇文奉詔進退規矩戰不貪殺擒不濫縷
四方節度整兵頓馬上章請討俟命起坐皇帝曰嘉
無汝煩苦荊并洎梁在國門戶出師三千各選爾醜
四軍齊作殷其如阜或拔其角或脫其距長驅洋洋
無有齟齬八月壬午闢棄城走載妻與妾包裹稚乳
是日崇文入處其宇分散逐捕搜原剔藪闢窮見窘
無地自處俯視大江不見洲渚遂自顛倒若杵投臼
取之江中枷脰械手婦女纍纍啼哭拜叩來獻闕下
以告廟社周示城市咸使觀覩解脫攣索夾以砧斧

婉婉弱子赤立傴僂牽頭曳足先斷膂脊次及其徒
體骸撐拄末乃取闢駭汗如寫揮刀紛紘爭刌膾脯
優賞將吏扶珪綴組帛堆其家粟塞倉庾哀憐陣歿
廩給孤寡贈官封墓周帀宏溥經戰伐地寬免租薄
施令酬功急疾如火天地中閒莫不順序幽恆青魏
東盡海浦南至徐蔡區外雜虜怛威赦德踴躍蹈舞
掉棄兵革私習簋簠來請來覲十百其耦皇帝曰吁
伯父叔舅各安爾位訓厥甿畝正月元日初見宗祖
躬執百禮登降拜俯薦于新宮視瞻梁梠慼見容色
淚落入俎侍祠之臣助我惻楚乃以上辛於郊用牡
除于國南鱗筍毛簴廬幕周施開揭磊砢獸盾騰拏

圓壇帖妥天兵四羅旂常婀娜駕龍十二魚魚雅雅
宵昇于丘奠璧獻斝衆樂驚作轟豗融冶紫焰嘘呵
高靈下墮羣星從坐錯落侈哆日君月妃煥赫婐姬
瀆鬼濛鴻嶽祗業峩飫沃羶鄉產祥降嘏鳳皇應奏
舒翼自拊赤麟黃龍逶陁結糾卿士庶人黃童白叟
踊躍歡呀失喜噎歐乾清坤夷境落褰舉帝車回來
日正當午幸丹鳳門大赦天下滌濯剗磢磨滅瑕垢
續功臣嗣拔賢任耆孩養無告仁滂施厚皇帝神聖
通達今古聽聰視明一似堯禹生知法式動得理所
天錫皇帝爲天下主幷包畜養無異細鉅億載萬年
敢有違者皇帝儉勤盥濯陶瓦斥遣浮華好此綈紵

勑戒四方侈則有咨天錫皇帝多麥與黍無召水旱
耗于雀鼠億載萬年富有無窶皇帝正直別白善否
擅命而狂既翦既去盡逐羣姦靡有遺侶天錫皇帝
厖臣碩輔博問遐觀以置左右億載萬年無敢有侮
皇帝大孝慈祥悌友怡怡愉愉奉太皇后浹于族親
濡及九有天錫皇帝與天齊壽登茲太平無怠永久
億載萬年爲父爲母博士臣愈職是訓詁作爲歌詩
以配吉甫

琴操十首

將歸操　孔子之趙聞殺鳴犢作

狄之水兮其色幽幽我將濟兮不得其由涉其淺兮

石嚙我足乘其深兮龍入我舟我濟而悔兮將安歸
尤歸兮歸兮無與石鬬兮無應龍求

猗蘭操　孔子傷不逢時作

蘭之猗猗揚揚其香不採而佩於蘭何傷今天之旋
其曷爲然我行四方以日以年雪霜貿貿薺麥之茂
子如不傷我不爾覯薺麥之茂薺麥之有君子之傷
君子之守

龜山操　孔子以季桓子受齊女樂諫不從
望龜山而作

龜之氛兮不能雲雨龜之枿兮不中梁柱龜之大兮
祇以奄魯知將隳兮哀莫余伍周公有鬼兮嗟歸余

輔

越裳操　周公作

雨之施物以孳我何意於彼爲自周之先其艱其勤以有疆宇私我後人我祖在上四方在下厥臨孔威敢戲以侮孰荒于門孰治于田四海旣均越裳是臣

拘幽操　文王羑里作

窈窈兮其凝其盲耳肅肅兮聽不聞聲朝不日出兮夜不見月與星有知無知兮爲死爲生嗚呼臣罪當誅兮天王聖明

岐山操　周公爲大王作

我肇于家自我先公伊我承序敢有不同今狄之人

將土我疆民爲我戰誰使死傷彼岐有岨我往獨處
莫爾余追無思我悲

履霜操　尹吉甫子伯奇無罪爲後母譖而見逐自傷作

父兮兒寒母兮兒饑兒罪當笞逐兒何爲兒在中野以宿以處四無人聲誰與兒語兒寒何衣兒饑何食兒行于野履霜以足母生衆兒有母憐之獨無母憐寧不悲

雉朝飛操　牧犢子七十無妻見雉雙飛感之而作

雉之飛于朝日羣雌孤雄意氣橫出當東而西當啄

而飛隨飛隨啄羣雌粥粥嗟我雖人曾不如彼雉雞
生身七十年無一妾與妃

別鵠操　商陵穆子娶妻五年無子父母欲
其改娶其妻聞之中夜悲嘯穆子感之而
作

雄鵠銜枝來雌鵠啄泥歸巢成不生子大義當乖離
江漢水之大鵠身鳥之微更無相逢日且可繞樹相
隨飛

殘形操　曾子夢見一狸不見其首作

有獸維狸兮我夢得之其身孔明兮而頭不知吉凶
何爲兮覺坐而思巫咸上天兮識者其誰

南山詩一首

吾聞京城南茲維羣山囿東西兩際海巨細難悉究
山經及地志茫昧非受授團辭試提挈挂一念萬漏
欲休諒不能粗叙所經覯嘗昇崇丘望戢戢見相湊
晴明出稜角縷脉碎分繡烝嵐相澒洞表裏忽通透
無風自飄簸融液煦柔茂橫雲時平凝點點露數岫
天空浮脩眉濃緑畫新就孤撐有巉絕海浴褰鵬噣
春陽潛沮洳濯濯吐深秀巖巒雖嵂崒軟弱類含酎
夏炎百木盛蔭鬱增埋覆神靈日歊歔雲氣爭結構
秋霜喜刻轢磔卓立癯瘦參差相疊重剛耿凌宇宙
冬行雖幽墨冰雪工琢鏤新曦照危峨億丈恒高袤

明昏無停態頃刻異狀候西南雄太白突起莫閒簉
藩都配德運分宅占丁戊逍遥越坤位詆訐陷乾竇
空虚寒兢兢風氣較搜漱朱維方燒日陰霰縱騰糅
昆明大池北去覿偶晴晝緜聯窮俯視倒側困清漚
微瀾動水面踊躍躁猱狖驚呼惜破碎仰喜呼不仆
前尋徑杜墅岔蔽畢原陋崎嶇上軒昂始得觀覽富
行行將遂窮嶺陸煩互走勃然思坼裂擁掩難恕宥
巨靈與夸蛾遠賈期必售還疑造物意固護蓄精祐
力雖能排斡雷電怯呵詬攀緣脫手足蹭蹬抵積甃
茫如試矯首堛塞生怐愗威容喪蕭爽近新迷遠舊
拘官計日月欲進不可又因緣窺其湫凝湛閟陰嘼

魚蝦可俯掇神物安敢寇林柯有脫葉欲墮鳥驚救
爭銜彎環飛投棄急哺鷇旋歸道迴睨達枿壯復奏
吁嗟信奇怪峙質能化貿前年遭譴謫探歷得邂逅
初從藍田入顧眄勞頸脰時天晦大雪淚目苦矇瞀
峻途拖長冰直上若懸溜褰衣步推馬顛蹶退且復
蒼黃忘遐睎所矚纔左右杉篁咤蒲蘇杲耀攢介胄
專心憶平道脫險逾避臭昨來逢清霽宿願忻所副
崢嶸躋冢頂倏閃雜鼯鼬前低劃開闊爛漫堆衆皺
或連若相從或蹙若相鬬或妥若弭伏或竦若驚雊
或散若瓦解或赴若輻輳或翩若船遊或決若馬驟
或背若相惡或向若相佑或亂若抽筍或嵲若炷灸

或錯若繪畫或繚若篆籀或羅若星離或蓊若雲逗
或浮若波濤或碎若鋤耨或如賁育倫賭勝勇前購
先強勢已出後鈍嗔詎譳或如帝王尊叢集朝賤幼
雖親不褻狎雖遠不悖謬或如臨食案肴核紛飣餖
又如遊九原墳墓包槨柩或纍若盆甖或揭若甗豆
或覆若曝鼈或頹若寢獸或蜿若藏龍或翼若搏鷲
或齊若友朋或隨若先後或迸若流落或顧若宿留
或戾若仇讎或密若婚媾或儼若峨冠或翻若舞袖
或屹若戰陣或圍若蒐狩或靡然東注或偃然北首
或如火熺焰或若氣饙餾或行而不輟或遺而不收
或斜而不倚或弛而不彀或赤若禿鬝或燻若柴槱

或如龜坼兆或若卦分繇或前橫若剝或後斷若姤
延延離又屬夬夬叛還遘喁喁魚闖萍落落月經宿
誾誾樹牆垣巘巘架庫廐參參削劒戟煥煥銜瑩琇
敷敷花披萼闟闟屋摧霤悠悠舒而安兀兀狂以狃
超超出猶奔蠢蠢駭不懋大哉立天地經紀肖營腠
厥初孰開張僶俛誰勸侑創茲朴而巧戮力忍勞疚
得非施斧斤無乃假詛呪鴻荒竟無傳功大莫酬僦
嘗聞於祠官芬苾降歆嗅斐然作歌詩惟用贊報酭

謝自然詩一首

果州南充縣寒女謝自然童騃無所識但聞有神仙
輕生學其術乃在金泉山繁華榮慕絕父母慈愛捐

凝心感魑魅慌惚難具言一朝坐空室雲霧生其閒
如聆笙竽韻來自冥冥天白日變幽晦蕭蕭風景寒
檐楹暫明滅五色光屬聯觀者徒傾駭躑躅詎敢前
須臾自輕舉飄若風中煙茫茫八紘大影響無由緣
里胥上其事郡守驚且歎驅車領官吏甿俗爭相先
入門無所見冠屨同蛻蟬皆云神仙事灼灼信可傳
余聞古夏后象物知神姦山林民可入魍魎莫逢旃
逶迤不復振後世恣欺謾幽明紛雜亂人鬼更相殘
秦皇雖篤好漢武洪其源自從二主來此禍竟連連
木石生怪變狐狸騁妖患莫能盡性命安得更長延
人生處萬類知識最爲賢奈何不自信反欲從物遷

往者不可悔孤魂抱深冤來者猶可誡余言豈空文
人生有常理男女各有倫寒衣及飢食在紡績耕耘
下以保子孫上以奉君親苟異於此道皆爲棄其身
噫乎彼寒女永託異物羣感傷遂成詩昧者宜書紳

秋懷詩十一首

窻前兩好樹衆葉光薿薿秋風一披拂策策鳴不已
微燈照空牀夜半偏入耳愁憂無端來感歎成坐起
天明視顔色與故不相似羲和驅日月疾急不可恃
浮生每多途趨死惟一軌胡爲浪自苦得酒且歡喜
白露下百草蕭蘭共雕悴青青四牆下已復生滿地
寒蟬暫寂寞蟋蟀鳴自恣運行無窮期禀受氣苦異

適時各得所松栢不必貴
彼時何卒卒我志何曼曼犀首空好飲廉頗尚能飯
學堂日無事驅馬適所願茫茫出門路欲去聊自勸
歸還閲書史文字浩千萬陳跡竟誰尋賤嗜非貴獻
丈夫意有存女子乃多怨
秋氣日惻惻秋空日凌凌上無枝上蜩下無盤中蠅
豈不感時節耳目去所憎清曉卷書坐南山見高稜
其下澄湫水有蛟寒可罾惜哉不得往豈謂吾無能
離離挂空悲慼慼抱虛警露泫秋樹高蟲弔寒夜永
斂退就新懦趨營悼前猛歸愚識夷塗汲古得脩綆
名浮猶有恥味薄眞自幸庶幾遺悔尤即此是幽屏

今晨不成起。端坐盡日景。蟲鳴幽室中。月吐窻冏冏。
喪懐若迷方。浮念劇含梗。塵埃慵伺候。文字浪馳騁。
尚須勉其頑。王事有朝請。
秋夜不可晨。秋日苦易暗。我無汲汲志。何以有此憾。
寒雞空在棲。缺月煩屢瞰。有琴具徽絃。再鼓聽愈淡。
古聲久埋滅。無由見眞濫。低心逐時趨。苦勉袛能暫。
有如乘風船。一縱不可纜。不如覷文字。丹鉛事點勘。
豈必求贏餘。所要石與甔。
卷卷落地葉。隨風走前軒。鳴聲若有意。顛倒相追奔。
空堂黄昏暮。我坐默不言。童子自外至。吹燈當我前。
問我我不應。饋我我不餐。退坐西壁下。讀詩盡數編。

作者非今士相去時已千其言有感觸使我復悽酸
顧謂汝童子置書且安眠丈夫屬有念事業無窮年
霜風侵梧桐衆葉著樹乾空堦一片下琤若摧琅玕
謂是夜氣滅望舒霣其團青冥無依倚飛轍危難安
驚起出戶視倚楹久汍瀾憂愁費晷景日月如跳丸
迷復不計遠爲君駐塵鞍

暮暗來客去羣囂各收聲悠悠偃宵寂亹亹抱秋明
世累忽進慮外憂遂侵誠強懷張不滿弱念缺已盈
詰屈避語穽冥茫觸心兵敗虞千金棄得比寸草榮
知恥足爲勇晏然誰汝令

鮮鮮霜中菊旣晚何用好揚揚弄芳蝶爾生還不早

運窮兩值遇婉孌死相保西風蟄龍蛇衆木日凋槁
由來命分爾泯滅豈足道

赴江陵途中寄贈王二十補闕李十一拾遺
李二十六員外翰林三學士一首

孤臣昔放逐血泣追愆尤汗漫不省識怳如乗桴浮
或自疑上疏上疏豈其由是年京師旱田畝少所收
上憐民無食征賦半已休有司恤經費未免煩徵求
富者旣云急貧者固已流傳聞閭里閒赤子棄渠溝
持男易斗粟掉臂莫肯酬我時出衢路餓者何其稠
親逢道死者佇立久咿嚘歸舍不能食有如魚中鉤
適會除御史誠當得言秋拜疏移閤門爲忠寧自謀

上陳人疾苦無令絕其喉下陳畿甸事根本理宜優
積雪驗豐熟幸寬待蠶麰天子惻然感司空歎綢繆
謂言即施設乃反遷炎州同官盡才俊偏善柳與劉
或慮語言洩傳之落冤讎二子不宜爾將疑斷還不
中使臨門遣頃刻不得留病妹卧牀褥分知隔明幽
悲啼乞就別百請不頷頭弱妻抱稚子出拜忘慚羞
僶俛不回顧行行詣連州朝爲青雲士暮作白首囚
商山季冬月冰凍絕行輈春風洞庭浪出没驚孤舟
逾嶺到所任低顏奉君侯酸寒何足道隨事生瘡疣
遠地觸途異吏民似猨猴生獰多忿很辭舌紛嘲啁
白日屋簷下雙鳴鬬鵂鶹有蛇類兩首有蠱羣飛游

窮冬或摇扇盛夏或重裘颷起最可畏訇哮簸陵丘
雷霆助光怪氣象難比侔癘疫忽潛遘十家無一瘳
猜嫌動置毒對案輒懷愁前日遇恩赦私心喜還憂
果然又羈縶不得歸鉏耰此府雄且大騰凌盡戈矛
棲棲法曹掾何處事卑陬生平企仁義所學皆孔周
早知大理官不列三后儔何况親犴獄敲搒發姦偷
懸知失事勢恐自罹罝罘湘水清且急涼風日脩脩
胡爲首歸路旅泊尚夷猶昨者京使至嗣皇傳冕旒
赫然下明詔首罪誅共吺復聞顛夭輩峨冠進鴻疇
班行再肅穆璜珮鳴琅璆佇繼貞觀烈邊封脫兜鍪
三賢推侍從卓犖傾枚鄒高議參造物清文煥皇猷

叶心輔齊聖致理同毛輶小雅詠鳴鹿食苹貴呦呦
遺風邈不嗣豈憶常同裯失志早衰換前期擬蜉蝣
自從齠牙缺始慕舌爲柔因疾鼻又塞漸能等薰蕕
深思罷官去畢命依松楸空懷焉能果但見歲已遒
殽湯閔禽獸解網祝蛛蝥雷煥掘寶劒寃氛銷斗牛
茲道誠可尚誰能借前籌殷勤謝吾友明月非暗投

暮行河堤上一首

暮行河堤上四顧不見人衰草際黃雲感歎愁我神
夜歸孤舟卧展轉空及晨謀計竟何就嗟嗟世與身

夜歌一首

靜夜有清光閑堂仍獨息念身幸無恨志氣方自得

樂哉何所憂所憂非我力

重雲一首李觀疾贈之

天行失度陰氣來干陽重雲閉白日炎燠成寒涼小人但咨怨君子惟憂傷飲食爲減身體豈寧康此志誠足貴懼非職所當藜羹尚如此肉食安可嘗窮冬百草死幽桂乃芬芳且況天地閒大運自有常勸君善飲食鸞鳳本高翔

江漢一首荅孟郊

江漢雖云廣乘舟渡無艱流沙信難行馬足常往還淒風結衝波狐裘能禦寒終宵處幽室華燭光爛爛苟能行忠信可以居夷蠻嗟余與夫子此義每所敦

何爲復見贈繾綣在不諼

長安交遊者一首贈孟郊

長安交遊者貧富各有徒親朋相過時亦各有以娛
陋室有文史高門有笙竽何能辨榮悴且欲分賢愚

岐山下二首

誰謂我有耳不聞鳳皇鳴揭來岐山下日暮邊火驚
丹穴五色羽其名爲鳳皇昔周有盛德此鳥鳴高岡
和聲隨祥風窅窕相飄揚聞者亦何事但知時俗康
自從公旦死千載閟其光吾君亦勤理遲爾一來翔

昌黎先生集卷第一

昌黎先生集卷第二

古詩

北極一首贈李觀

北極有羈羽南溟有沉鱗川源浩浩隔影響兩無因
風雲一朝會變化成一身誰言道理遠感激疾如神
我年二十五求友昧其人哀歌西京市乃與夫子親
所尚苟同趨賢愚豈異倫方爲金石姿萬世無緇磷
無爲兒女態憔悴悲賤貧

此日足可惜一首贈張籍

此日足可惜此酒不足嘗捨酒須相語共分一日光
念昔未知子孟君自南方自矜有所得言子有文章

我名屬相府欲往不得行思之不可見百端在中腸
維時月魄死冬、日朝在房驅馳公事退聞子適及城
命車載之至引坐於中堂開懷聽其說往往副所望
孔丘歿已遠仁義路乆荒紛紛百家起詭怪相披猖
長老守所聞後生習爲常少知誠難得純粹古已亡
譬彼植園木有根易爲長留之不遣去館置城西旁
歲時未云幾浩浩觀湖江衆夫指之笑謂我知不明
兒童畏雷電魚鼈驚夜光州家舉進士選試繆所當
馳辭對我策章句何煒煌相公朝服立工席歌鹿鳴
禮終樂亦闋相拜送於庭之子去須臾赫赫流盛名
竊喜復竊歎諒知有所成人事安可恒奄忽令我傷

聞子高第日正從相公喪哀情逢吉語惝怳難爲雙
暮宿偃師西徒展轉在牀夜聞汴州亂繞壁行傍徨
我時留妻子倉卒不及將相見不復期零落甘所丁
驕女未絶乳念之不能忘忽如在我所耳若聞啼聲
中途安得返一日不可更俄有東來說我家免罹殃
乘船下汴水東去趨彭城從喪至洛陽還走不及停
假道經盟津出入行澗岡日西入軍門羸馬顚且僵
主人願少留延入陳壺觴卑賤不敢辭忽忽心如狂
飮食豈知味絲竹徒轟轟平明脫身去決若驚鳧翔
黃昏次汜水欲過無舟航號呼久乃至夜濟千里黃
中流上沙灘沙水不可詳驚波暗合沓星宿爭翻芒

轅馬蹢躅鳴左右泣僕童甲午憩時門臨泉窺闞龍
東南出陳許陂澤茫茫平道邊草木花紅紫相低昂
百里不逢人角角雄雉鳴行行二月暮乃及徐南疆
下馬步隄岸上船拜吾兄誰云經艱難百口無夭殤
僕射南陽公宅我睢水陽篋中有餘衣盎中有餘糧
閉門讀書史窻戶忽已涼日念子來遊子豈知我情
別離未爲久辛苦多所經對食每不飽共言無倦聽
連延三十日晨坐達五更我有二三子宦遊在西京
東野窺禹穴李翶觀濤江蕭條千萬里會合安可逢
淮之水舒舒楚山直叢叢子又捨我去我懷焉所窮
男兒不再壯百歲如狂風高爵尚可求無爲守一鄉

幽懷一首

幽懷不能寫行此春江潯適與佳節會士女競光陰
凝粧耀洲渚繁吹蕩神心閒關林中鳥亦知和爲音
豈無一罇酒自酌還自吟但悲時易失四序迭相侵
我歌君子行視古猶視今

君子法天運一首

君子法天運四時可前知小人惟所遇寒暑不可期
利害有常勢取捨無定姿焉能使我心皎皎遠憂疑

落葉一首送陳羽

落葉不更息斷蓬無復歸飄颻終自異邂逅暫相依
悄悄深夜語悠悠寒月輝誰云少年別流淚各沾衣

歸彭城一首

天下兵又動太平竟何時訏謨者誰子無乃失所宜
前年關中旱閭井多死饑去歲東郡水生民爲流屍
上天不虛應禍福各有隨我欲進短策無由至彤墀
刳肝以爲紙瀝血以書辭上言陳堯舜下言引龍夔
言詞多感激文字少葳蕤一讀已自怪再尋良自疑
食芹雖云美獻御固已癡緘封在骨髓耿耿空自奇
昨者到京城屢陪高車馳周行多俊異議論無瑕疵
見待頗異禮未能去毛皮到口不敢吐徐徐俟其巇
歸來戎馬閒驚顧似羈雌連日或不語終朝見我欺
乘閑輒騎馬茫茫詣空陂遇酒即酩酊君知我爲誰

煌煌東方星柰此衆客醉初喧或爭忿中靜雜嘲戲
淋漓身上衣顚倒筆下字人生如此少酒賤且勤置

醉後一首

醉贈張秘書一首

人皆勸我酒我若耳不聞今日到君家呼酒持勸君
爲此座上士及余各能文君詩多態度藹藹春空雲
東野動驚俗天葩吐奇芬張籍學古淡軒昂避雞羣
阿買不識字頗知書八分詩成使之寫亦足張吾軍
所以欲得酒爲文俟其醺酒味既冷冽酒氣又氛氳
性情漸浩浩諧笑方云云此誠得酒意餘外徒繽紛
長安衆富兒盤饌羅羶葷不解文字飲惟能醉紅裙

雖得一餉樂有如聚飛蚊今我及數子固無蕕與薰
險語破鬼膽高詞媲皇墳至寶不雕琢神功謝鋤耘
方今向泰平元凱承華勛吾徒幸無事庶以窮朝曛

同冠峽一首

南方二月半春物亦已少維舟山水間晨坐聽百鳥
宿雲尚含姿朝日忽升曉羈旅感和鳴囚拘念輕矯
潺湲淚乆迸詰曲思增繞行矣且無然蓋棺事乃了

送惠師一首

惠師浮屠者乃是不羈人十五愛山水超然謝朋親
脫冠翦頭髮飛步遺蹤塵發跡入四明梯空上秋旻
遂登天台望衆壑皆嶙峋夜宿最高頂舉頭看星辰

光芒相照燭南北爭羅陳茲地絶翔走自然嚴且神
微風吹木石澎湃聞韶鈞夜半起下視溟波衘日輪
魚龍驚踴躍叫嘯成悲辛怪氣或紫赤敲磨共輪囷
金鴉既騰翥六合俄清新常聞禹穴奇東去窺甌閩
越俗不好古流傳失其眞幽蹤邈難得聖路嗟長堙
回臨浙江濤屹起高峨岷壯志死不息千秊如隔晨
是非竟何有弃去非吾倫凌江詣廬岳浩蕩極遊巡
崔崒没雲表陂陀浸湖淪是時雨初霽懸瀑垂天紳
前秊往羅浮步戛南海濱大哉陽德盛榮茂恒留春
鵬騫墮長翮鯨戲側脩鱗自來連州寺曾未造城闉
日擕青雲客探勝窮崖濱太守邀不去羣官請徒頻

囊無一金資翻謂富者貧昨日忽不見我令訪其鄰
奔波自追及把手問所因顧我却興歎君寧異於民
離合自古然辭別安足珍吾聞九疑好夙志今欲伸
斑竹啼舜婦清湘沉楚臣衡山與洞庭此固道所循
尋嶽方抵洛歷華遂之秦浮游靡定處偶往即通津
吾言子當去子道非吾遵江魚不池活野鳥難籠馴
吾非西方教憐子狂且醇吾嫉惰遊者憐子愚且諄
去矣各異趣何爲浪沾巾

送靈師一首

佛法入中國爾來六百年齊民逃賦役高士著幽禪
官吏不之制紛紛聽其然耕桑日失隸朝署時遺賢

靈師皇甫姓胤冑本蟬聯少小涉書史早能綴文篇
中間不得意失迹成延遷逸志不拘教軒騰斷牽攣
圍碁鬪白黑生死隨機權六博在一擲梟盧叱迴旋
戰詩與誰敵浩汗横戈鋋飲酒盡百醆嘲諧思逾鮮
有時醉花月高唱清且綿四座咸寂默杳如奏湘絃
尋勝不憚險黔江屢洄沿瞿塘五六月驚電讓歸船
怒水忽中裂千尋墮幽泉環迴勢益急仰見團團天
投身豈得計性命甘徒捐浪沫蹙翻涌漂浮再生全
同行二十人魂骨俱坑塡靈師不挂懷冒涉道轉延
開忠二州牧詩賦時多傳失職不把筆珠璣爲君編
強留費日月密席羅嬋娟昨者至林邑使君數開筵

逐客三四公盈懷贈蘭荃湖游泛漭沆溪宴駐潺湲
別語不許出行裾動遺牽鄰州競招請書札何翩翩
十月下桂嶺乘寒恣窺緣落落王員外爭迎獲其先
自從入賓館占悋久能專吾徒頗攜被接宿窮歡妍
聽說兩京事分明皆眼前縱橫雜謠俗瑣屑咸羅穿
材調眞可惜朱丹在磨研方將斂之道且欲冠其顚
韶陽李太守高步凌雲煙得客輒忘食開囊乞繒錢
手持南曹叙字重青瑤鐫古氣參彖象高標摧太玄
維舟事干謁披讀頭風痊還如舊相識傾壺暢幽悁
以此復留滯歸驂幾時鞭

縣齋有懷一首

少小尚奇偉平生足悲吒猶嫌子夏儒肯學樊遲稼
事業窺臯稷文章蔑曹謝濯纓起江湖綴珮雜蘭麝
悠悠指長道去去策高駕誰爲傾國媒自許連城價
初隨計吏貢屢入澤宮射雖免十上勞何能一戰霸
人情忌殊異世路多權詐蹉跎顏遂低摧折氣愈下
冶長信非罪侯生或遭罵懷書出皇都銜淚渡清灞
身將老寂寞志欲死閑暇朝食不盈腸冬衣纔掩髂
軍書旣頻召戎馬乃連跨大梁從相公彭城赴僕射
弓箭圍狐兔絲竹羅酒炙兩府變荒涼三年就休假
求官去東洛犯雪過西華塵埃紫陌春風雨靈臺夜
名聲荷朋友援引乏姻婭偶陪彤庭臣詎縱青冥靶

寒空聳危闕曉色曜脩架捐軀辰在丁鎩翮時方䄍
投荒誠職分領邑幸寛赦湖波翻日車嶺石坼天罅
毒霧恒熏晝炎風每燒夏雷威固已加颶勢仍相借
氣象杳難測聲音吁可怕夷言聽未慣越俗循猶乍
指摘兩憎嫌睢盱互猜訝秖緣恩未報豈謂生足藉
嗣皇帝繼明率土日流化惟思滌瑕垢長去事桑柘
斸嵩開雲扃壓穎抗風榭禾麥種滿地梨棗栽繞舍
兒童稍長成雀鼠得驅嚇官租日輸納村酒時邀迓
閑愛老農愚歸弄小女姹如今便可爾何用畢婚嫁

合江亭一首

洪亭枕湘江蒸水會其左瞰臨眇空闊綠淨不可唾

維昔經營初邦君實王佐（此亭故相齊公映所作）翦林遷神祠買地費家貨粱棟宏可愛結構麗匪過伊人去軒騰茲宇遂頹挫老郎來何暮高唱久乃和（宇文郎中炫又增其制）樹蘭盈九畹栽竹逾萬个長綆汲滄浪幽蹊下坎坷波濤夜俯聽雲樹朝對臥初如遺宦情終乃最郡課人生成無幾事往悲豈奈蕭條綿歲時契闊繼庸懦勝事誰復論醜聲日已播中丞黜凶邪天子閔窮餓君侯至之初閭里自相賀（前刺史元澄無政屢使揚公中丞奏黜之朝廷遂用鄭君）淹滯樂閑曠勤苦勸慵惰爲余掃東階命樂醉衆座窮秋感平分新月憐半破顧書巖上石勿使泥塵涴

陪杜侍御遊湘西兩寺獨宿有題一首因獻

楊常侍

長沙千里平勝地猶在險況當江闊處斗起勢匪漸
深林高玲瓏青山上琬琰路窮臺殿闢佛事煥且儼
剖竹走泉源開廊架崖广是時秋之殘暑氣尚未斂
羣行忘後先朋息棄拘檢客堂喜空凉華榻有清簟
澗蔬煮蒿芹水果剥菱芡伊余夙所慕陪賞亦云忝
幸逢車馬歸獨宿門不掩山樓黑無月漁火燦星點
夜風一何喧杉檜屢磨颭猶疑在波濤怵惕夢成魘
靜思屈原沉遠憶賈誼貶椒蘭爭妬忌絳灌共讒諂
誰令悲生腸坐使淚盈臉翻飛乏羽翼指摘困瑕玷

珥貂藩維重政化類分陝禮賢道何優奉己事苦儉
大廈棟方隆巨川檝行剡經營誠少暇遊宴固已歎
旅程愧淹留徂歲嗟荏苒平生每多感柔翰遇頻染
展轉嶺猿鳴曙光青睒睒

岳陽樓別竇司直一首

洞庭九州閒厥大誰與讓南匯羣崖水北注何奔放
瀦爲七百里吞納各殊狀自古澄不清環混無歸向
炎風日搜攪幽怪多冗長軒然大波起宇宙隘而妨
巍峩拔嵩華騰踔較健壯聲音一何宏轟輵車萬兩
猶疑帝軒轅張樂就空曠蛟螭露簨簴縞練吹組帳
鬼神非人世節奏頗跌踼陽施見誇麗陰閉感悽愴

朝過宜春口極地鈌堤障夜纜巴陵洲叢芮纔可傍
星河盡涵泳俯仰迷下上餘瀾怒不已喧聒鳴甕盎
明登岳陽樓煇煥朝日亮飛廉戢其威清晏息纖纊
泓澄湛凝緑物影巧相況江豚時出戲驚波忽蕩瀁
時當冬之孟隙竅縮寒漲前臨指近岸側坐眇難望
滌濯神魂醒幽懷舒以暢主人孩童舊握手乍忻悵
憐我竄逐歸相見得無恙開筵交履舃爛熳倒家釀
盃行無留停高柱送清唱中盤進橙栗投擲傾脯醬
歡窮悲心生婉孌不能忘念昔始讀書志欲干霸王
屠龍破千金爲藝亦云亢愛才不擇行觸事得讒謗
前年出官由此禍最無妄公卿採虛名擢拜識天仗

姦猜畏彈射斥逐恣欺誑新恩移府庭逼側廁諸將
于嗟苦駑緩但懼失宜當追思南渡時魚腹甘所葬
嚴程迫風帆劈箭入高浪顛沉在須臾忠鯁誰復諒
生還眞可喜剋己自懲創庶從今日後粗識得與喪
事多改前好趣有獲新尚誓耕十畝田不取萬乘相
細君知蠶織稚子已能餉行當挂其冠生死君一訪

送文暢師北遊一首

昔在四門館晨有僧來謁自言本吳人少小學城闕
已窮佛根源粗識事輗軏攣拘屈吾眞戒轄思遠發
薦紳秉筆徒聲譽耀前閥從求送行詩屢造忍顛蹶
今成十餘卷浩汗羅斧鉞先生閟窮巷未得窺剞劂

文聞識大道何路補剜刖出其囊中文滿聽實清越
謂僧當少安草序頗排訐上論古之初所以施賞罰
下開迷惑胃挐豁斷株櫱僧時不聽瑩若飲水救暍
風塵一出門時日多如髮三年竄荒嶺守縣坐深樾
徵租聚異物詭製怛巾韈幽窮共誰語思想甚含噦
昨來得京官照壁喜見蝎況逢舊親識無不比鶼鰈
長安多門户弔慶少休歇而能勤來過重惠安可揭
當今聖政初恩澤宁戢狨胡爲不自暇飄戾逐鸇鷙
僕射領北門威德壓胡羯相公鎮幽都竹帛爛勳伐
酒場舞閨姝獵騎圍邊月開張篋中寶自可得津筏
從茲富裘馬寧復茹藜蕨余期報恩後謝病老耕垡

庇身指蓬茅逞志縱獫猲僧還相訪來山藥煮可掘

荅張徹一首

辱贈不知報我歌爾其聆首叙始識面次言後分形
道途綿萬里日月垂十齡浚郊避兵亂睢岸連門庭
肝膽一古劍波濤兩浮萍漬墨竄舊史磨丹注前經
義苑手秘寶文堂耳驚霆暄晨躡露舄暑夕眠風櫺
結友子讓抗請師我慙丁初味猶噉蔗遂通斯建瓴
搜奇日有富嗜善心無寧石梁平侹侹沙水光泠泠
乗枯摘野豔沉細抽潜腥遊寺去陟巘尋徑反穿汀
緣雲竹竦竦失路麻冥冥溪潦忽翻野平蕪眇開溟
防泄塹夜塞懼衝城晝扃及去事戎轡相逢宴軍伶

觥秋縱兀兀獵旻馳駉駉從賦始分手朝京忽同舲
急時促暗棹戀月留虛亭畢事驅傳馬安居守窻螢
梅花灞水別官燭驪山醒省選逮投足鄉賓尚擢翎
塵祛又一摻淚皆還雙熒洛邑得休告華山窮絕陘
倚巖睨海浪引袖拂天星日駕此迴轄金神所司刑
泉紳拖脩白石劒攢高青磴蘚澾拳跼梯飆颺伶俜
悔狂已咋指垂誡仍鐫銘峨豸忝備列伏蒲愧分涇
微誠慕橫草瑣力摧撞莛疊雪走商嶺飛波航洞庭
下險疑墮井守官類拘囹荒飧茹獠蠱幽夢感湘靈
刺史肅蓍蔡吏人沸蝗螟點綴簿上字趨蹌閤前鈴
賴其飽山水得以娛瞻聽紫樹雕斐亹碧流滴瓏玲

映波鋪遠錦插地列長屏愁狖酸骨死怪花醉魂馨
潛苞絳實坼幽乳翠毛零赦行五百里月變三十蓂
漸階羣振鷺入學誨螟蛉苹甘謝鳴鹿罍滿慙罄缾
冏冏抱瑚璉飛飛聯鶺鴒魚鬣欲脱背虬光先照硎
豈獨出醜類方當動朝廷勤來得晤語勿憚宿寒廳

薦士一首

周詩三百篇雅麗理訓誥曾經聖人手議論安敢到
五言出漢時蘇李首更號東都漸瀰漫派別百川導
建安能者七卓犖變風操逶迤抵晉宋氣象日凋耗
中間數鮑謝比近最清奧齊梁及陳隋衆作等蟬噪
搜春摘花卉沿襲傷剽盜國朝盛文章子昂始高蹈

勃興得李杜萬類困陵暴後來相繼生亦各臻閫奧
有窮者孟郊受材實雄驁冥觀洞古今象外逐幽好
橫空盤硬語妥帖力排奡敷柔肆紆餘奮猛卷海潦
榮華肖天秀捷疾逾響報行身踐規矩甘辱恥媚竈
孟軻分邪正眸子看瞭眊杳然粹而清可以鎮浮躁
酸寒溧陽尉五十幾何耄孜孜營甘旨辛苦久所冒
俗流知者誰指注競嘲傲聖皇索遺逸髦士日登造
廟堂有賢相愛遇均覆燾況承歸與張二公迭嗟悼
青冥送吹噓強箭射魯縞胡爲久無成使以歸期告
霜風破佳菊嘉節迫吹帽念將決焉去感物增戀嫪
彼微水中荇尚煩左右芼魯侯國至小廟鼎猶納郜

幸當擇珉玉寧有棄珪瑁悠悠我之思擾擾風中纛
上言愧無路日夜惟心禱鶴翎不天生變化在啄菢
通波非難圖尺地易可漕善善不汲汲後時徒悔懊
救死具八珍不如一箪犒微詩公勿誚豈弟神所勞

喜侯喜至贈張籍張徹一首

昔我在南時數君長在念搖搖不可止諷詠日喁噞
如以膏濯衣每漬垢逾染又如心中疾箴石非所砭
常思得遊處至死無倦厭地遐物奇怪水鏡涵石劒
荒花窮漫亂幽獸工騰閃礙目不忍窺忽忽坐昏墊
逢神多所祝豈忘靈即驗依依夢歸路歷歷想行店
今者誠自幸所懷無一欠孟生去雖索侯氏來還歉

歆眠聽新詩屋角月豔豔新作承閒騁交驚舌互譾
繽紛指瑕疵拒捍城阻塹以余經摧挫固請發鈆槧
居然妄推讓見謂爇天燄比踈語徒妍悚息不敢占
呼奴具盤飧飣餖魚菜贍人生但如此朱紫安足僣

古風一首

今日曷不樂幸時不用兵無曰既蹙矣乃尚可以生
彼州之賦去汝不顧此州之役我去奚適一邑之水
可走而違天下湯湯曷其而歸好我衣服甘我飲食
無念百年聊樂一日

駑驥一首

駑駘誠齷齪市者何其稠力小苦易制價微良易酬

渴飲一斗水飢食一束芻嘶鳴當大路志氣若有餘
騏驥生絶域自矜無匹儔牽驅入市門行者不爲留
借問價幾何黄金比嵩丘借問行幾何咫尺視九州
飢食玉山禾渴飲醴泉流問誰能爲御曠世不可求
惟昔穆天子乘之極遐遊王良執其轡造父夾其輈
因言天外事茫惚使人愁駑駘謂騏驥餓死余爾羞
有能必見用有德必見收孰云時與命通塞皆自由
騏驥不敢言低徊但垂頭人皆劣騏驥共以駑駘優
喟余獨興歎才命不同謀寄詩同心子爲我商聲謳

馬厭穀一首

馬厭穀兮士不厭糠粃土被文繡兮士無裋褐彼其

得志兮不我虞一朝失志兮其何如已焉哉嗟嗟乎
鄙夫

出門一首

長安百萬家出門無所之豈敢尚幽獨與世實參差
古人雖已死書上有其辭開卷讀且想千載若相期
出門各有道我道方未夷且於此中息天命不吾欺

嗟哉董生行一首

淮水出桐栢山東馳遥遥千里不能休淝水出其側
不能千里百里入淮流壽州屬縣有安豐唐貞元時
縣人董生召南隱居行義於其中刺史不能薦天子
不聞名聲爵禄不及門門外惟有吏日來徵租索錢

嗟哉董生朝出耕夜歸讀古人書盡日不得息或山而樵或水於漁入廚具甘旨上堂問起居父母不慼慼妻子不咨咨嗟哉董生孝且慈人不識惟天翁知生祥下瑞無時期家有狗乳出求食雞來哺其兒啄啄庭中拾蟲蟻哺之不食鳴聲悲徬徨躑躅久不去以翼來覆待狗歸嗟哉董生誰將與儔時之人夫妻相虐兄弟爲讎食君之祿而令父母愁亦獨何心嗟哉董生無與儔

烽火一首

登高望烽火誰謂塞塵飛王城富且樂曷不事光輝勿言日已暮相見恐行稀願君熟念此秉燭夜中歸

我歌寧自感乃獨淚沾衣

汴州亂二首

汴州城門朝不開天狗墮地聲如雷健兒爭誇殺留後連屋累棟燒成灰諸侯咫尺不能救孤士何者自興哀

母從子走者為誰大夫夫人留後兒昨日乘車騎大馬坐者起趨乘者下廟堂不肯用干戈嗚呼奈汝母子何

利劍一首

利劍光耿耿佩之使我無邪心故人念我寡徒侶持用贈我比知音我心如冰劍如雪不能刺讒夫使我

心腐劒鋒折決雲中斷開青天噫劒與我俱變化歸
黄泉

齪齪一首

齪齪當世士所憂在飢寒但見賤者悲不聞貴者歎
大賢事業異遠抱非俗觀報國心皎潔念時涕汍瀾
妖姬坐左右柔指發哀彈酒肴雖日陳感激寧爲歡
秋陰蔽白日泥潦不少乾河堤決東郡老弱隨驚湍
天意固有屬誰能語其端願辱太守薦得充争臣官
排雲叫閶闔披腹呈琅玕致君豈無術自進誠獨難

昌黎先生集巻第二

二

昌黎先生集卷第三

古詩

河之水二首寄子姪老成

河之水去悠悠我不如水東流我有孤姪在海陬三年不見兮使我生憂日復日夜復夜三年不見汝使我鬢髮未老而先化

河之水悠悠去我不如水東注我有孤姪在海浦三年不見兮使我心苦采蕨于山緡魚于淵我徂京師不遠其還

山石

山石犖确行徑微黃昏到寺蝙蝠飛昇堂坐階新雨

足芭蕉葉大支子肥僧言古壁佛畫好以火來照所
見稀鋪牀拂席置羹飯踈糲亦足飽我饑夜深靜卧
百蟲絶清月出嶺光入扉天明獨去無道路出入高
下窮煙霏山紅澗碧紛爛漫時見松櫪皆十圍當流
赤足蹋澗石水聲激激風吹衣人生如此自可樂豈
必局束爲人鞿嗟哉吾黨二三子安得至老不更歸

天星送楊凝郎中賀正

天星牢落雞喔咿僕夫起餐車載脂正當窮冬寒未
已借問君子行安之會朝元正無不至受命上宰須
及期侍從近臣有虛位公今此去歸何時

汴泗交流贈張僕射

汴泗交流郡城角築場十步平如削短垣三面繚逶迤擊鼓騰騰樹赤旗新秋朝涼未見日公早結束來何爲分曹決勝約前定百馬攢蹄近相映毬驚杖奮合且離紅牛纓紱黄金羈側身轉臂著馬腹霹靂應手神珠馳超遥散漫兩閑暇揮霍紛紜爭變化發難得巧意氣麤讙聲四合壯士呼此誠習戰非爲劇豈若安坐行良圖當今忠臣不可得公馬莫走須殺賊

忽忽

忽忽乎余未知生之爲樂也願脱去而無因安得長翮大翼如雲生我身乘風振奮出六合絶浮塵死生哀樂兩相棄是非得失付閒人

鳴鴈

嗷嗷鳴鴈鳴且飛窮秋南去春北歸去寒就暖識所依天長地濶棲息稀風霜酸苦稻粱微毛羽摧落身不肥徘徊反顧羣侶違哀鳴欲下洲渚非江南水濶朝雲多草長沙軟無網羅閑飛靜集鳴相和違憂懷惠性匪他淩風一舉君謂何

龍移

天昏地黑蛟龍移雷驚電激雄雌隨清泉百丈化爲土魚鼈枯死吁可悲

雉帶箭

原頭火燒靜兀兀野雉畏鷹出復沒將軍欲以巧伏

人盤馬彎弓惜不發地形漸窄觀者多雉驚弓滿勁
箭加衝人決起百餘尺紅翎白鏃相傾斜將軍仰笑
軍吏賀五色離披馬前墮

條山蒼

條山蒼河水黄浪波沄沄去松栢在山岡

贈鄭兵曹

罇酒相逢十載前君爲壯夫我少年罇酒相逢十載
後我爲壯夫君白首我材與世不相當戢鱗委翅無
復望當今賢俊皆周行君何爲乎亦遑遑杯行到君
莫停手破除萬事無過酒

桃源圖

神僊有無何渺茫桃源之說誠荒唐流水盤廻山百
轉生綃數幅垂中堂武陵太守好事者題封遠寄南
宮下南宮先生忻得之波濤入筆驅文辭文工畫妙
各臻極異境怳惚移於斯架巖鑿谷開宮室接屋連
牆千萬日嬴顛劉蹶了不聞地坼天分非所恤種桃
處處惟開花川原近遠蒸紅霞初來猶自念鄉邑歲
久此地還成家漁舟之子來何所物色相猜更問語
大蛇中斷喪前王羣馬南渡開新主聽終辭絕共悽
然自說經今六百年當時萬事皆眼見不知幾許猶
流傳爭持酒食來相饋禮數不同樽俎異月明伴宿
玉堂空骨冷魂清無夢寐夜半金雞啁哳鳴火輪飛

出客心驚人間有累不可住依然離別難爲情船開
棹進一廻顧萬里蒼蒼煙水暮世俗寧知僞與真至
今傳者武陵人

東方半明

東方半明大星沒獨有太白配殘月嗟爾殘月勿相
疑同光共影須臾期殘月暉暉太白睒睒雞三號更
五點

贈唐衢

虎有爪兮牛有角虎可搏兮牛可觸奈何君獨抱奇
材手把鋤犂餓空谷當今天子急賢良匭函朝出開
明光胡不上書自薦達坐令四海如虞唐

貞女峽

江盤峽束春湍豪雷風戰鬬魚龍逃懸流轟轟射水府一瀉百里翻雲濤漂船擺石萬瓦裂咫尺性命輕鴻毛

贈侯喜

吾黨侯生字叔迟呼我持竿釣温水平明鞭馬出都門盡日行行荊棘裏温水微茫絶又流深如車轍闊容輈蝦蟇跳過雀兒浴此縱有魚何足求我爲侯生不能已盤針擘粒投泥滓晡時堅坐到黄昏手倦目勞方一起暫動還休未可期蝦行蛭渡似皆疑舉竿引線忽有得一寸纔分鱗與鬐是日侯生與韓子良

久歎息相看悲我今行事盡如此此事正好爲吾規半世遑遑就舉選一名始得紅顏衰人間事勢豈不見徒自辛苦終何爲便當提攜妻與子南入箕潁無還時叔起君今氣方銳我言至切君勿嗤君欲釣魚須遠去大魚豈肯居沮洳

古意

太華峰頭玉井蓮開花十丈藕如船冷比雪霜甘比蜜一片入口沈痾痊我欲求之不憚遠青壁無路難夤緣安得長梯上摘實下種七澤根株連

八月十五夜贈張功曹

纖雲四卷天無河清風吹空月舒波沙平水息聲影

絶一杯相屬君當歌君歌聲酸辭且苦不能聽終淚
如雨洞庭連天九疑高蛟龍出没猩鼯號十生九死
到官所幽居默默如藏逃下牀畏蛇食畏藥海氣濕
蟄燻腥臊昨者州前搥大鼓嗣皇繼聖登夔皐赦書
一日行萬里罪從大辟皆除死遷者追迴流者還滌
瑕蕩垢朝清班州家申名使家抑坎軻秖得移荆蠻
判司卑官不、說未免捶楚塵埃間同時輩流多上
道天路幽險難追攀君歌且休聽我歌我歌今與君
殊科一年明月今宵多人生由命非由他有酒不飲
奈明何

謁衡嶽廟遂宿嶽寺題門樓

五嶽祭秩皆三公四方環鎮嵩當中火維地荒足妖
怪天假神柄專其雄噴雲泄霧藏半腹雖有絕頂誰
能窮我來正逢秋雨節隂氣晦昧無清風潛心默禱
若有應豈非正直能感通須臾靜掃衆峰出仰見突
兀撐青空紫蓋連延接天柱石廩騰擲堆祝融森然
魄動下馬拜松柏一逕趨靈宮粉牆丹柱動光彩鬼
物圖畫填青紅升階傴僂薦脯酒欲以菲薄明其衷
廟令老人識神意睢盱偵伺能鞠躬手持杯珓導我
擲云此最吉餘難同竄逐蠻荒幸不死衣食纔足甘
長終侯王將相望久絕神縱欲福難爲功夜投佛寺
上高閣星月揜映雲朣朧猿鳴鐘動不知曙杲杲寒

日生於東

岣嶁山

岣嶁山尖神禹碑字青石赤形模奇科斗拳身薤倒披鸞飄鳳泊拏虎螭事嚴跡秘鬼莫窺道人獨上偶見之我來咨嗟涕漣洏千搜萬索何處有森森綠樹猿猱悲

永貞行

君不見太皇諒陰未出令小人乘時偷國柄北軍百萬虎與貔天子自將非他師一朝奪印付私黨懍懍朝士何能爲狐鳴梟噪爭署置睗睒跳踉相嫵媚夜作詔書朝拜官超資越序曾無難公然白日受賄賂

火齊磊落堆金盤元臣故老不敢語晝卧涕泣何汍
瀾董賢三公誰復惜侯景九錫行可歎國家功高德
且厚天位未許庸夫干嗣皇卓犖信英主文如太宗
武高祖膺圖受禪登明堂共流幽州鯀死羽四門肅
穆賢俊登數君匪親豈其朋郎官清要爲世稱荒郡
迫野嗟可矜湖波連天日相騰蠻俗生梗瘴癘烝江
氛嶺祲昏若凝一蛇兩頭見未曾怪鳥鳴喚令人憎
蠱蟲羣飛夜撲燈雄虺毒螫股肱食中置藥肝心
崩左右使令詐難憑愼勿浪信常兢兢吾嘗同僚情
可勝具書目見非妄徵嗟爾旣往宜爲懲

洞庭湖阻風贈張十一署

十月隂氣盛北風無時休蒼茫洞庭岸與子維雙舟
霧雨晦争泄波濤怒相投犬雞斷四聽糧絕誰與謀
相去不容步險如礙山丘清談可以飽夢想接無由
男女喧左右饑啼但啾啾非懷北歸興何用勝羇愁
雲外有白日寒光自悠悠能令暫開霽過是吾無求

李花贈張十一署

江陵城西二月尾花不見桃惟見李風揉雨練雪羞
比波濤翻空杳無涘君知此處花何似白花倒燭天
夜明羣雞驚鳴官吏起金烏海底初飛來朱輝散射
青霞開迷魂亂眼看不得照耀萬樹繁如堆念昔少
年著遊燕對花豈省曾辭杯自從流落憂感集欲去

未到先思廻秖今四十已如此後日更老誰論哉力
携一罇獨就醉不忍虛擲委黃埃

杏花

居鄰北郭古寺空杏花兩株能白紅曲江滿園不可
到看此寧避雨與風二年流竄出嶺外所見草木多
異同冬寒不嚴地恒泄陽氣發亂無全功浮花浪蘂
鎭長有纔開還落瘴霧中山榴躑躅少意思照耀黃
紫徒爲叢鷓鴣鉤輈猿呌歇杳杳深谷攢青楓豈如
此樹一來翫若在京國情何窮今旦胡爲忽惆悵萬
片飄泊隨西東明年更發應更好道人莫忘鄰家翁

感春四首

我所思兮在何所情多地遐兮徧處處東西南北皆
欲往千江隔兮萬山阻春風吹園雜花開朝日照屋
百鳥語三杯取醉不復論一生長恨奈何許
皇天平分成四時春氣漫誕最可悲雜花粧林草蓋
地白日座上傾天維蜂喧鳥咽留不得紅萼萬片從
風吹豈如秋霜雖慘冽摧落老物誰惜之爲此徑須
沽酒飲自外天地棄不疑近鄰老杜無檢束爛漫長
醉多文辭屈原離騷二十五不肯餔啜糟與醨惜哉
此子巧言語不到聖處寧非癡幸逢堯舜明四目條
理品彙皆得宜平明出門暮歸舍酩酊馬上知爲誰
朝騎一馬出暝就一牀臥詩書漸欲拋節行久已惰

冠敧感髮禿語誤驚齒墮孤負平生心已矣知何奈我恨不如江頭人長網横江遮紫鱗獨宿荒陂射鳧鴈賣納租賦官不嗔歸來歡笑對妻子衣食自給寧羞貧今者無端讀書史智慧只足勞精神畫蛇著足無處用兩鬢雪白趨埃塵乾愁漫解坐自累與衆異趣誰相親數杯澆腸雖暫醉皎皎萬慮醒還新百年未滿不得死且可勤買拋青春

寒食日出遊

李花初發君始病我往看君花轉盛走馬城西惆悵歸不忍千株雪相映邇來又見桃與梨交開紅白如爭競可憐物色阻攜手空展霜縑吟九詠紛紛落盡

泥與塵不共新粧比端正桐華最晚今已繁君不強
起時難更關山遠别固其理寸步難見始知命憶昔
與君同貶官夜渡洞庭看斗柄豈料生還得一處引
袖拭淚悲且慶各言生死兩追隨直置心親無貌敬
念君又署南荒吏路指鬼門幽且夐三公盡是知音
人曷不薦賢陛下聖囊空甑倒誰救之我今一食日
還併自然憂氣損天和安得康強保天性斷鶴兩翅
鳴何哀縶驥四足氣空橫今朝寒食行野外綠楊市
岸蒲生迸宋玉庭邊不見人輕浪參差魚動鏡自嗟
孤賤足瑕疵特見放縱荷寬政飲酒寧嫌醆底深題
詩尚倚筆鋒勁明宵故欲相就醉有月莫愁當火令

憶昨行和張十一

憶昨夾鍾之呂初吹灰上公禮罷元侯迴車載牲牢饔舁酒並召賓客延鄒枚腰金首翠光照耀絲竹迴發清以哀青天白日花草麗玉斝屢舉傾金罍張君名聲座所屬起舞先醉長松摧宿酲未解舊痁作深室靜臥聞風雷自期殞命在春序屈指數日憐嬰孩危辭苦語感我耳淚落不揜何漼漼念昔從君渡湘水大帆夜劃窮高桅陽山鳥路出臨武驛馬拒地驅頻隤踐蛇茹蠱不擇死忽有飛詔從天來伾文未揃崖州熾雖得赦宥恒愁猜近者三姦悉破碎羽窟無底幽黃能眼中了了見鄉國知有歸日眉方開今君

縱署天涯吏投檄北去何難哉無妄之憂勿藥喜一
善自足禳千災頭輕目朗肌骨健古劒新劚磨塵埃
殃銷禍散百福併從此直至耉與鮐嵩山東頭伊洛
岸勝事不假須穿裁君當先行我待滿沮溺可繼窮
年推

昌黎先生集卷第三

昌黎先生集卷第四

古詩

劉生詩

生名師命其姓劉自少軒輊非常儔棄家如遺來遠遊東走梁宋暨揚州遂凌大江極東陬洪濤春天禹穴幽越女一笑三年留南逾橫嶺入炎州青鯨高磨波山浮怪魅炫曜堆蛟虬山獠讙譟猩猩遊毒氣爍體黃膏流問胡不歸良有由美酒傾水炙肥牛妖歌慢舞爛不收倒心迴腸爲青眸千金邀顧不可酬乃獨遇之盡綢繆瞥然一餉成十秋昔鬚未生今白頭五管歷徧無賢侯迴望萬里還家羞陽山窮邑惟猿

猴手持釣竿遠相投我爲羅列陳前脩芟蒿斬蓬利
鋤耰天星廻環數纔周文學穰穰囷倉稠車輕御良
馬力優咄哉識路行勿休往取將相酬恩讐

鄭羣贈簟

蘄州笛竹天下知鄭君所寳尤瓌奇攜來當晝不得
臥一府傳看黄琉璃體堅色淨又藏節盡眼凝滑無
瑕疵法曹貧賤衆所易腰腹空大何能爲自從五月
困暑濕如坐深甑遭蒸炊手磨袖拂心語口慢膚多
汗真相宜日暮歸來獨惆悵有賣直欲傾家資誰謂
故人知我意卷送八尺含風漪呼奴掃地鋪未了光
彩照耀驚童兒青蠅側翅蚤蝨避肅肅疑有清飇吹

倒身甘寢百疾愈却顧天日恒炎曦明珠清玉不足報贈子相好無時衰

豐陵行

羽衛煌煌一百里曉出都門葬天子羣臣雜沓馳後先宮官穰穰來不已是時新秋七月初金神按節炎氣除清風飄飄輕雨灑偃蹇旂旆卷以舒逾梁下坂笳鼓咽嵽嵲遂走玄宮閭哭聲訇天百鳥噪幽坎晝閉空靈輿皇帝孝心深且遠資送禮備無贏餘設官置衛鎖嬪妓供養朝夕象平居臣聞神道尚清淨三代舊制存諸書墓藏廟祭不可亂欲言非職知何如

遊青龍寺贈崔大補闕

秋灰初吹季月管日出卯南暉景短友生招我佛寺
行正值萬株紅葉滿光華閃壁見神鬼赫赫炎官張
火傘然雲燒樹火實駢金烏下啄頳虯卵魂翻眼倒
忘處所赤氣沖融無間斷有如流傳上古時九輪照
燭乾坤旱二三道士席其間靈液屢進頗黎盌忽驚
顏色變韶穉却信靈僊非怪誕桃源迷路竟茫茫棗
下悲歌徒纂纂前年嶺隅鄉思發躑躅成山開不筭
去歲羈帆湘水明霜楓千里隨歸伴猿呼鼯嘯鷓鴣
啼側耳酸膓難濯澣思君攜手安能得今者相從敢
辭懶由來鈍騃寡參尋況是儒官飽閒散惟君與我
同懷抱鋤去陵谷置平坦年少得途未要忙時清諫

踈尤宜罕何人有酒身無事誰家多竹門可欵須知節候即風寒幸及亭午猶妍暖南山逼冬轉清瘦刻畫圭角出崖竅當憂復被冰雪埋汲汲來窺誡遲緩

贈崔立之評事

崔侯文章苦捷敏高浪駕天輸不盡曾從關外來上都隨身卷軸車連軫朝爲百賦猶鬱怒暮作千詩轉遒緊搖毫擲簡自不供頃刻青紅浮海蜃才豪氣猛易語言往往蛟螭雜螻蚓知音自古稱難遇世俗乍見那妨哂勿嫌法官未登朝猶勝赤尉長趍尹時命雖乖心轉壯技能虛富家逾窘念昔塵埃兩相逢爭名齟齬持矛楯子時專場誇觜距余始張軍嚴韅靷

爾來但欲保封疆莫學龐涓怯孫臏竄逐新歸厭聞
鬧齒髮早衰嗟可閔頻蒙怨句刺棄遺豈有閒官敢
推引深藏篋笥時一發戢戢已多如束筍可憐無益
費精神有似黃金擲虛牝當今聖人求侍從拔擢杞
梓收搭簡東馬嚴徐已奮飛枚皐即召窮且忍復聞
王師西討蜀霜風洌洌摧朝菌走章馳檄在得賢燕
雀紛拏要鷹隼竊料二途必處一豈比恒人長蠢蠢
勸君韜養待徵招不用雕琢愁肝腎牆根菊花好沽
酒錢帛縱空衣可准暉暉簷日暖且鮮摵摵井梧踈
更殞高士例須憐麴蘗丈夫終莫生畦畛能來取醉
任喧呼死後賢愚俱泯泯

送區弘南歸

穆昔南征軍不歸蟲沙猿鶴伏以飛洶洶洞庭莽翠微九疑鑱天荒是非野有象犀水貝璣分散百寶人士稀我還于南日周圍來見者衆莫依稀爰有區子熒熒暉覿以彝訓或從違我念前人譬葑菲落以斧引以纆徽雖有不逮驅騑騑或採于薄漁于磯服役不辱言不譏從我荊州來京畿離其母妻絶因依嗟我道不能自肥子雖勤苦終何希王都觀闕雙巍巍騰蹋衆駿事鞍鞿佩服上色紫與緋獨子之節可嗟唏毋附書至妻寄衣開書拆衣淚痕晞雖不勑還情庶幾朝暮盤羞惻庭闈幽房無人感伊威人生此難

餘可祈子去矣時若發機蜃沈海底氣昇霏彩雉野
伏朝扇翬處子窈窕王所妃苟有令德隱不腓況今
天子鋪德威蔽能者誅薦受禨出送撫背我涕揮行
行正直慎脂韋業成志樹來頎頎我當爲子言天扉

三星行

我生之辰月宿南斗牛奮其角箕張其口牛不見服
箱斗不挹酒漿箕獨有神靈無時停簸揚無善名已
聞無惡聲已讙名聲相乘除得失少有餘三星各在
天什伍東西陳嗟汝牛與斗汝獨不能神

剝啄行

剝剝啄啄有客至門我不出應客去而嗔從者語我

子胡爲然我不厭客困于語言欲不出納以堙其源
空堂幽幽有秸有莞門以兩板叢書於間窅窅深塹
其墉甚完彼寧可隳此不可干從者語我嗟子誠難
子雖云爾其口益蕃我爲子謀有萬其全凡今之人
急名與官子不引去與爲波瀾雖不開口雖不開闗
變化咀嚼有鬼有神今去不勇其如後艱我謝再拜
汝無復云往追不及來不有年

青青水中蒲三首

青青水中蒲下有一雙魚君今上隴去我在與誰居
青青水中蒲長在水中居寄語浮萍草相隨我不如
青青水中蒲葉短不出水婦人不下堂行子在萬里

孟東野失子 并序

東野連産三子不數日輒失之幾老念無後以悲其友人昌黎韓愈懼其傷也推天假其命以喻之

失子將何尤吾將上尤天女實主下人與奪一何偏彼於女何有乃令蕃且延此獨何罪辜生死旬日間上呼無時聞滴地淚到泉地祇爲之悲瑟縮久不安乃呼大靈龜騎雲欵天門問天主下人薄厚胡不均天曰天地人由來不相關吾懸日與月吾繫星與辰日月相噬齧星辰踣而顛吾不女之罪知非女由因且物各有分孰能使之然有子與無子禍福未可原魚子滿母腹一一欲誰憐細腰不自乳舉族長孤鰥

鴟梟啄母腦母死子始翻蝮蛇生子時坼裂腸與肝好子雖云好未還恩與勤惡子不可說鴟梟蝮蛇然有子且勿喜無子固勿歎上聖不待教賢聞語而遷下愚聞語惑雖教無由悛大靈頓頭受即日以命還地祇謂大靈女往告其人東野夜得夢有夫玄衣巾闖然入其户三稱天之言再拜謝玄夫收悲以歡忻

陸渾山火和皇甫湜用其韻

皇甫補官古賁渾時當玄冬澤乾源山狂谷狠相吐吞風怒不休何軒軒擺磨出火以自燔有聲夜中驚莫原夭跳地踔顛乾坤赫赫上照窮崖垠截然高周燒四垣神焦鬼爛無逃門三光弛隳不復暾虎熊麋

豬建猴猿水龍鼉龜魚與鼋鴉鴟鷹雉鵠鵾燖炰
煨爊孰飛奔祝融告休酌卑尊錯陳齊玫闢華園芙
蓉披猖塞鮮繁千鍾萬鼓咽耳喧攢雜啾嚄沸篪塤
彤幢絳旃紫纛旛炎官熱屬朱冠褌髹其肉皮通脞
臀頹胷垤腹車掀轅緹顏韎股豹兩鞬霞車紅蚓日
轂轓丹蕤縓蓋緋繙帑紅帷赤幕羅脤膰盂池波風
肉陵屯谽呀鉅壑頗黎盆豆登五山瀛四罇熈熈釃
醻笑語言雷公擘山海水翻齒牙嚼齧舌腭反電光
䃸磹赬目暖頊冥收威避玄根斥棄輿馬背厥孫縮
身潛喘拳肩跟君臣相憐加愛恩命黑螭偵焚其元
天闕悠悠不可援夢通上帝血面論側身欲進叱於

閽帝賜九河湔涕痕又詔巫陽反其魂徐命之前問何冤火行於冬古所存我如禁之絶其飧女丁婦壬傳世婚一朝結讐奈後昆時行當反慎藏蹲視桃著花可小騫月及申酉利復怨助汝五龍從九鯤溺厥邑囚之崑崙皇甫作詩止睡昏辭誇出真遂上焚要余和增怪又煩雖欲悔舌不可捫

縣齋讀書

出宰山水縣讀書松桂林蕭條捐末事邂逅得初心哀狖醒俗耳清泉潔塵襟詩成有共賦酒熟無孤斟青竹時默釣白雲日幽尋南方本多毒北客恒懼侵謫譴甘自守滯留愧難任投章類縞帶佇荅逾兼金

新竹

筍添南堦竹日日成清閟縹節已儲霜黃苞猶揜翠
出欄抽五六當戶羅三四高標陵秋嚴貞色奪春媚
稀生巧補林併出疑爭地縱橫乍依行爛漫忽無次
風枝未飄吹露粉先涵淚何人可攜翫清景空瞪視

晚菊

少年飲酒時踊躍見菊花今來不復飲每見恒咨嗟
佇立摘滿手行行把歸家此時無與語棄置奈悲何

落齒

去年落一牙今年落一齒俄然落六七落勢殊未已
餘存皆動搖盡落應始止憶初落一時但念豁可恥

及至落二三始憂衰即死每一將落時懍懍恒在已
乂牙妨食物顛倒怯漱水終焉捨我落意與崩山比
今來落既熟見落空相似餘存二十餘次第知落矣
儻常歲落一自足支兩紀如其落併空與漸亦同指
人言齒之落壽命理難恃我言生有涯長短俱死爾
人言齒之豁左右驚諦視我言莊周云水鴈各有喜
語訛默固好嚼廢軟還美因歌遂成詩時用詫妻子

哭楊兵部凝陸歙州參

人皆期七十纔半豈蹉跎併出知已淚自然白髮多
晨興爲誰慟還坐久滂沱論文與晤語已矣可如何

苦寒

四時各平分一氣不可兼隆冬奪春序顓頊固不廉
太昊弛維綱畏避但守謙遂令黃泉下萌牙夭勾尖
草木不復抽百味失苦甜凶飇攪宇宙鋩刃甚割砭
日月雖云尊不能活烏蟾羲和送日出恇怯頻窺覘
炎帝持祝融呵噓不相炎而我當此時恩光何由沾
肌膚生鱗甲衣被如刀鐮氣寒鼻莫齅血凍指不拈
濁醪沸入喉口角如銜箝將持七箸食觸指如排籤
侵鑪不覺暖熾炭屢已添探湯無所益何況纊與縑
虎豹僵穴中蛟螭死幽潛熒惑喪纏次六龍冰脫髯
芒碭大包内生類恐盡殲啾啾窻閒雀不知已微纖
舉頭仰天鳴所願晷刻淹不如彈射死却得親炰燖

鸞皇苟不存爾固不在占其餘蠢動儔俱死誰恩嫌
伊我稱最靈不能女覆苫悲哀激憤歎五藏難安恬
中宵倚牆立淫淚何漸漸天王哀無辜惠我下顧瞻
褰旒去耳纊調和進梅鹽賢能日登御黜彼傲與憸
生風吹死氣豁達如褰簾懸乳零落墮晨光入前簷
雪霜頓銷釋土脉膏且黏豈徒蘭蕙榮施及艾與蒹
日萼行鑠鑠風條坐襜襜天乎苟其能吾死意亦厭

和虞部盧四酬翰林錢七赤藤杖歌

赤藤爲杖世未窺臺郎始攜自滇池滇王掃宮避使
者跪進再拜語嗢咿繩橋拄過免傾墮性命造次蒙
扶持途經百國皆莫識君臣聚觀逐旌麾共傳滇神

出水獻赤龍拔鬚血淋漓又云羲和操火鞭暝到西
極睡所遺幾重包裹自題署不以珍怪誇荒夷歸來
捧贈同舍子浮光照手欲把疑空堂晝眠倚牖户飛
電著壁搜蛟螭南宫清深禁闈密唱和有類吹塤篪
妍辭麗句不可繼見寄聊且慰分司

崔十六少府攝伊陽以詩及書見投因酬三
十韻

崔君初來時相識頗未慣但聞赤縣尉不比博士慢
賃屋得連牆往來忻莫間我時亦新居觸事苦難辦
蔬飧要同喫破襖請來綻謂言安堵後貸借更何患
不知孤遺多舉族仰薄宦有時未朝餐得米日已晏

隔牆聞讙呼衆口極鵝鴈前計頓乖張居然見真贋
嬌兒好眉眼袴脚凍兩骭捧書隨諸兄累累兩角丱
冬惟茹寒虀秋始識瓜瓣問之不言饑飫若厭芻豢
才名三十年久合居給諫白頭趨走裏閉口絶謗訕
府公舊同袍拔擢宰山澗寄詩雜詼俳有類說鵬鷃
上言酒味酸冬衣竟未擐下言人吏稀惟足彪與虥
又言致豬鹿此語乃善幻三年國子師腸肚習藜莧
況住洛之涯魴鱒可罩汕肯效屠門嚼久嫌弋者篡
謀拙日焦拳活計似鋤剗男寒澁詩書妻瘦剩腰襻
爲官不事職厥罪在欺謾行當自劾去漁釣老葭薍
歲窮寒氣驕冰雪滑磴棧音問難屢通何由覿清盻

送侯參謀赴河中幕

憶昔初及第各以少年稱君顧始生鬚我齒清如冰
爾時心氣壯百事謂已能一別詎幾何忽如隔晨興
我齒豁可鄙君顏老可憎相逢風塵中相視迭嗟矜
幸同學省官末路再得朋東司絶教授遊宴以爲恒
秋漁蔭密樹夜愽然明燈雪逕抵樵叟風廊折談僧
陸渾桃花間有湯沸如烝三月崧少步躑躅紅千層
洲沙厭晚坐嶺壁窮晨昇沉冥不計日爲樂不可勝
遷滿一已異乖離坐難憑行行事結束人馬何蹻騰
感激生膽勇從軍豈嘗曾洸洸司徒公天子爪與肱
提師十萬餘四海欽風稜河北兵未進蔡州帥新薨

昌不請掃除活彼黎與烝鄙夫誠怯弱受恩愧徒弘
猶思脫儒冠棄死取先登又欲面言事上書求詔徵
侵官固非是妄作譴可懲惟當待責免耕斸歸溝塍
今君得所附勢若脫韝鷹檄筆無與讓幕謀職其膺
收績開史牒翰飛逐溟鵬男兒貴立事流景不可乘
歲老陰沴作雲頹雪翻崩別袖拂落水征車轉崤陵
勤勤酒不進勉勉恨已仍送君出門歸愁腸若牽繩
默坐念語笑癡如遇寒蠅策馬誰可適晤言誰爲應
席塵惜不掃殘罇對空凝信知後會時日月屢環絙
生期理行役歡緒絕難承寄書惟在頻無恡簡與繒

東都遇春

少年氣真狂有意與春競行逢二三月九州花相映
川原曉服鮮桃李晨粧靚荒乘不知疲醉死豈辭病
飲噉惟所便文章倚豪橫爾來曾幾時白髮忽滿鏡
舊游喜乖張新輩足嘲評心腸一變化羞見時節盛
得閒無所作貴欲辭視聽深居疑避仇默卧如當瞑
朝曦入牖來鳥喚昏不醒爲生鄙計算鹽米告屢罄
坐疲都忘起冠側懶復正幸蒙東都官獲離機與穽
乖慵遭傲僻漸染生弊性既去焉能追有來猶莫聘
有船魏王池往往縱孤泳水容與天色此處皆綠淨
岸樹共紛披渚牙相緯經懷歸苦不果即事取幽迸
貪求匪名利所得亦已併悠悠度朝昏落落捐季孟

羣公一何賢上戴天子聖謀謨收禹績四面出雄勁
轉輸非不勤稽逋有軍令在庭百執事奉職各祗敬
我獨胡爲哉坐與億兆慶譬如籠中鳥仰給活性命
爲詩告友生負愧終究竟

感春五首

辛夷高花最先開青天露坐始此廻已呼孺人戞鳴
瑟更遣稚子傳清杯選壯軍興不爲用坐狂朝論無
由陪如今到死得閒處還有詩賦歌康哉
洛陽東風幾時來川波岸柳春全廻宮門一鎖不復
啓雖有九陌無塵埃策馬上橋朝日出樓闕赤白正
崔嵬孤吟屢闋莫與和寸恨至短誰能裁

春田可耕時已催王師北討何當廻放車載草農事
濟戰馬苦饑誰念哉蔡州納節舊將死起居諫議聯
翩來朝廷未省有遺策肯不垂意缾與罍
前隨杜尹拜表廻笑言溢口何歡咍孔丞別我適臨
汝風骨峭峻遺塵埃音容不接秖隔夜凶訃詎可相
尋來天公高居鬼神惡欲保性命誠難哉
辛夷花房忽全開將衰正盛須頻來清晨輝輝燭霞
日薄暮耿耿和煙埃朝明夕暗已足歎況乃滿地成
摧頽迎繁送謝別有意誰肯留念少環廻

酬裴十六功曹巡府西驛塗中見寄

相公罷論道聿至活東人御史坐言事作吏府中塵

遂令河南治今古無儔倫四海日富庶道途隘蹄輪
府西三百里候館同魚鱗相公謂御史勞子去自巡
是時山水秋光景何鮮新哀鴻鳴清耳宿霧褰高旻
遺我行旅詩軒軒有風神譬如黃金盤照耀荆璞真
我來亦已幸事賢友其仁持竿洛水側孤坐屢窮辰
多才自勞苦無用祗因循辭免期匪遠行行及山春

燕河南府秀才

吾皇紹祖烈天下再太平詔下諸郡國歲貢鄉曲英
元和五年冬房公尹東京功曹上言公是月當登名
乃選二十縣試官得鴻生羣儒負已材相賀簡擇精
怒起簸羽翮引吭吐鏗轟此都自周公文章繼名聲

自非絶殊尤難使耳目驚今者遭震薄不能出聲鳴
鄙夫忝縣尹愧慄難爲情惟求文章寫不敢妬與爭
還家敕妻兒具此煎炰烹柿紅蒲萄紫肴果相扶縈
芳茶出蜀門好酒濃且清何能充歡燕庶以露厥誠
昨聞詔書下權公作邦楨文人得其職文道當大行
陰風攪短日冷雨澁不晴勉哉戒徒馭家國遲子榮

送李翺

廣州萬里途山重江逶迤行行何時到誰能定歸期
揖我出門去顏色異恒時雖云有追送足跡絶自茲
人生一世間不自張與施譬如浮江木縱橫豈自知
寧懷别時苦勿作别後思

送石處士赴河陽幕

長把種樹書人云避世士忽騎將軍馬自號報恩子
風雲入壯懷泉石別幽耳鉅鹿師欲老常山險猶恃
豈惟彼相憂固是吾徒恥去去事方急酒行可以起

送湖南李正字歸

長沙入楚深洞庭值秋晩人隨鴻鴈少江共蒹葭遠
歷歷余所經悠悠子當返孤遊懷耿介旅宿夢婉娩
風土稍殊音魚蝦日異飯親交俱在此誰與同息偃

昌黎先生集卷第四

昌黎先生集卷第五

古詩

辛卯年雪

元和六年春寒氣不肯歸河南二月末雪花一尺圍
崩騰相排拶龍鳳交橫飛波濤何飄揚天風吹幡旂
白帝盛羽衛鬖髿振裳衣白霓先啓途從以萬玉妃
翕翕陵厚載譁譁弄陰機生平未曾見何暇議是非
或云豐年祥飽食可庶幾善禱吾所慕誰言寸誠微

醉留東野

昔年因讀李白杜甫詩長恨二人不相從吾與東野
生並世如何復躡二子蹤東野不得官白首誇龍鍾

韓子稍姦黠自慚青蒿倚長松低頭拜東野願得終始如駏蛩東野不廻頭有如寸筳撞鉅鍾我願身爲雲東野變爲龍四方上下逐東野雖有離别無由逢

李花二首

平旦入西園梨花數株若矜夸旁有一株李顏色慘慘似含嗟問之不肯道所以獨繞百帀至日斜忽憶前時經此樹正見芳意初萌牙奈何趂酒不省録不見玉枝攢霜葩泫然爲汝下雨淚無由反旆羲和車東風來吹不改顏蒼茫夜氣生相遮冰盤夏薦碧實脆斥去不御慚其花

當春天地爭奢華洛陽園苑尤紛拏誰將平地萬堆

雪剪刻作此連天花日光赤色照未好明月暫入都
交加夜領張徹投盧仝乘雲共至玉皇家長姬香御
四羅列縞裙練帨無等差靜濯明粧有所奉顧我未
肯置齒牙清寒瑩骨肝膽醒一生思慮無由邪

招揚之罘

柏生兩石間萬歲終不大野馬不識人難以駕車蓋
柏移就平地馬羈入廐中馬思自由悲柏有傷根容
傷根柏不死千丈日以至馬悲罷還樂振迅矜鞍轡
之罘南山來文字得我驚舘置使讀書日有求歸聲
我令之罘歸失得柏與馬之罘別我去計出柏馬下
我自之罘歸入門思而悲之罘别我去能不思我爲

灑掃縣中居引水經竹間囂講所不及何異山中間
前陳百家書食有肉與魚先王遺文章綴緝實在余
禮稱獨學陋易貴不遠復作詩招之罘晨夕抱饑渴

寄盧仝

玉川先生洛城裏破屋數間而已矣一奴長鬚不裹
頭一婢赤脚老無齒辛勤奉養十餘人上有慈親下
妻子先生結髮憎俗徒閉門不出動一紀至令鄰僧
乞米送僕忝縣尹能不恥俸錢供給公私餘時致薄
少助祭祀勸參留守謁大尹言語纔及輒掩耳水北
山人得名聲去年去作幕下士水南山人又繼往鞍
馬僕從塞閭里少室山人索價高兩以諫官徵不起

彼皆刺口論世事有力未免遭驅使先生事業不可
量惟用法律自繩已春秋三傳束高閣獨抱遺經究
終始往年弄筆嘲同異怪辭驚衆謗不已近來自説
尋坦途猶上虛空跨綠駬去年生兒名添丁意令與
國充耘耔國家丁口連四海豈無農夫親耒耜先生
抱才終大用宰相未許終不仕假如不在陳力列立
言垂範亦足恃苗裔當蒙十世宥豈謂貽厥無基阯
故知忠孝生天性潔身亂倫安足擬昨晚長鬚來下
狀隔牆惡少惡難似每騎屋山下窺闞渾舍驚怕走
折趾憑依婚媾欺官吏不信令行能禁止先生受屈
未曾語忽此來告良有以嗟我身爲赤縣令操權不

用欲何俟立召賊曹呼伍伯盡取鼠輩尸諸市先生
又遣長鬚來如此處置非所喜况又時當長養節都
邑未可猛政理先生固是余所畏度量不敢窺涯涘
放縱是誰之過歟效尤戮僕愧前史買羊沽酒謝不
敏偶逢明月曜桃李先生有意許降臨更遣長鬚致
雙鯉

酬司門盧四兄雲夫院長望秋作

長安雨洗新秋出極目寒鏡開塵函終南曉望蹋龍
尾倚天更覺青巉巉自知短淺無所補從事久此穿
朝衫歸來得便即遊覽暫似壯馬脫車銜曲江荷花
蓋十里江湖生自思莫緘樂遊下矚無遠近綠槐萍

合不可芟白首寓居誰借問平地寸步扃雲巘雲夫吾兄有狂氣嗜好與俗殊酸鹹日來省我不肯去論詩說賦相諵諵望秋一章已鶱絶猶言低抑避謗譏若使乘酣騁雄怪造化何以當鐫劖嗟我小生值強伴怯膽變勇神明鑒馳坑跨谷終未悔爲利而止眞貪饞高揖羣公謝名譽遠追甫白感至誠樓頭完月不共宿其奈就鈇行攕攕

誰氏子

非癡非狂誰氏子去入王屋稱道士白頭老母遮門啼挽斷衫袖留不止翠眉新婦年二十載送還家哭穿市或云欲學吹鳳笙所慕靈妃媲蕭史又云時俗

輕尋常力行險怪取貴仕神僊雖然有傳說知者盡知其妄矣聖君賢相安可欺乾死窮山竟何俟嗚呼余心誠豈弟願往教誨究終始罰一勸百政之經不從而誅未晚爾誰其友親能哀憐寫吾此詩持送似

河南令舍池臺

灌池纔盈五六丈築臺不過七八尺欲將層級壓籬落未許波瀾量斗碩規摹雖巧何足誇景趣不遠真可惜長令人吏遠趨走已有蛙黽助狼籍

送無本師歸范陽

無本於爲文身大不及膽吾嘗示之難勇往無不敢蛟龍弄角牙造次欲手攬衆鬼囚大幽下覷襲玄窞

天陽熈四海注視首不領鯨鵬相摩窣兩舉快一噉
夫豈能必然固已謝黯黮狂詞肆滂葩低昂見舒慘
姦窮怪變得往往造平澹蜂蟬碎錦纈緑池披菡萏
芝英擢荒蓁孤翮起連菼家住幽都遠未識氣先感
來尋吾何能無殊嗜昌歜始見洛陽春桃枝綴紅糝
遂來長安里時卦轉習坎老懶無鬬心久不事鈆槧
欲以金帛酬舉室常顑頷念當委我去霜雪刻以憯
獰飆攪空衢天地與頓撼勉率吐歌詩慰女別後覽

石鼓歌

張生手持石鼓文勸我試作石鼓歌少陵無人謫僊
死才薄將奈石鼓何周綱陵遲四海沸宣王憤起揮

天戈大開明堂受朝賀諸侯劔珮鳴相磨蒐于岐陽
騁雄俊萬里禽獸皆遮羅鐫功勒成告萬世鑿石作
鼓隳嵯峨從臣才藝咸第一揀選撰刻留山阿雨淋
日炙野火燎鬼物守護煩撝呵公從何處得紙本毫
髮盡備無差訛辭嚴義密讀難曉字體不類隸與科
年深豈免有缺畫快劔斫斷生蛟鼉鸞翔鳳翥衆僊
下珊瑚碧樹交枝柯金繩鐵索鎖鈕壯古鼎躍水龍
騰梭陋儒編詩不收入二雅褊迫無委蛇孔子西行
不到秦掎摭星宿遺羲娥嗟予好古生苦晚對此涕
淚雙滂沱憶昔初蒙博士徵其年始改稱元和故人
從軍在右輔爲我量度掘臼科濯冠沐浴告祭酒如

此至寶存豈多氊包席裹可立致十鼓祇載數駱駝
薦諸太廟比郜鼎光價豈止百倍過聖恩若許留太
學諸生講解得切磋觀經鴻都尚填咽坐見舉國來
奔波剜苔剔蘚露節角安置妥帖平不頗大廈深簷
與蓋覆經歷久遠期無佗中朝大官老於事詎肯感
激徒媕婀牧童敲火牛礪角誰復著手爲摩挲日消
月鑠就埋沒六年西顧空吟哦羲之俗書趁姿媚數
紙尚可愽白鵝繼周八代爭戰罷無人收拾理則那
方今太平日無事柄任儒術崇丘軻安能以此上論
列願借辯口如懸河石鼓之歌止於此嗚呼吾意其
蹉跎

雙鳥詩

雙鳥海外來飛飛到中州一鳥落城市一鳥集巖幽
不得相伴鳴爾來三千秋兩鳥各閉口萬象銜口頭
春風卷地起百鳥皆飄浮兩鳥忽相逢百日鳴不休
有耳聒皆聾有口反自羞百舌舊饒聲從此恒低頭
得病不呻喚泯默至死休雷公告天公百物須膏油
自從兩鳥鳴聒亂雷聲收鬼神怕嘲詠造化皆停留
草木有微情挑抉示九州蟲鼠誠微物不堪苦誅求
不停兩鳥鳴百物皆生愁不停兩鳥鳴自此無春秋
不停兩鳥鳴日月難旋輈不停兩鳥鳴大法失九疇
周公不爲公孔丘不爲丘天公怪兩鳥各捉一處囚

百蟲與百鳥然後鳴啾啾兩鳥旣別處閉聲省愆尤
朝食千頭龍暮食千頭牛朝飲河生塵暮飲海絕流
還當三千秋更起鳴相酬

贈劉服師

羨君齒牙牢且潔大肉硬餅如刀截我今呀豁落者
多所存十餘皆兀臲匙抄爛飯穩送之合口軟嚼如
牛飼妻兒恐我生悵望盤中不飣栗與梨祗今年纔
四十五後日懸知漸莽鹵朱顏皓頸訝莫親此外諸
餘誰更數憶昔太公仕進初口含兩齒無贏餘虞翻
十三比豈少遂自惋恨形於書丈夫命存百無害誰
能點檢形骸外巨緡東釣儻可期與子共飽鯨魚膾

題炭谷湫祠堂

萬生都陽明幽暗鬼所寰嗟龍獨何智出入人鬼間
不知誰爲助若執造化關厭處平地水巢居揷天山
列峰若攢指石盂仰環環巨靈高其捧保此一掬慳
森沉固含蓄本以儲陰奸魚鼈蒙擁護羣嬉傲天頑
翾翾棲託禽飛飛一何閑祠堂像侔眞擢玉紆煙鬟
羣怪儼伺候恩威在其顔我來日正中悚惕思先還
寄立尺寸地敢言來途艱吁無吹毛刃血此牛蹄殷
至令乘水旱鼓舞寡與鰥林叢鎭冥冥窮年無由删
妍英雜豔實星瑣黃朱班石級皆險滑顛躋莫牽攀
龍區雛衆碎付與宿已頒棄去可奈何吾其死茅菅

聽穎師彈琴

昵昵兒女語恩怨相爾汝劃然變軒昂勇士赴敵場
浮雲柳絮無根蔕天地闊遠隨飛揚喧啾百鳥羣忽
見孤鳳凰躋攀分寸不可上失勢一落千丈強嗟余
有兩耳未省聽絲篁自聞穎師彈起坐在一旁推手
遽止之濕衣淚滂滂穎乎爾誠能無以冰炭置我腸

送陸暢歸江南

舉舉江南子名以能詩聞一來取高第官佐東宮軍
迎婦丞相府誇映秀士羣鸞鳴桂樹間觀者何繽紛
人事喜顛倒旦夕異所云蕭蕭青雲幹遂逐荊棘焚
歲晚鴻鴈過鄉思見新文踐此秦關雪家彼吳洲雲

悲啼上車女骨肉不可分感槩都門别丈夫酒方醺
我實門下士力薄蚋與蚊受恩不即報永負湘中墳

送進士劉師服東歸

猛虎落檻穽坐食如孤㹠丈夫在富貴豈必守一門
公心有勇氣公口有直言奈何任埋没不自求騰軒
僕本亦進士頗嘗究根源由來骨鯁材喜被軟弱吞
低頭受侮笑隱忍硉兀寃泥雨城東路夏槐作雲屯
還家雖闕短指日親晨飧擕持令名歸自足貽家尊
時節不可翫親交可攀援勉來取金紫勿久休中園

嘲魯連子

魯連細而黠有似黄鷂子田巴兀老蒼憐汝矜爪嘴

開端要驚人雄跨吾厭矣高拱禪鴻聲若輟一杯水
獨稱唐虞賢顧未知之耳

贈張籍

吾老著讀書餘事不掛眼有兒雖甚憐教示不免簡
君來好呼出踉蹡越門限懼其無所知見則先愧赧
昨因有緣事上馬插手版留君住廳食使立侍盤餞
薄暮歸見君迎我笑而莞指渠相賀言此是萬金產
吾愛其風骨粹美無可揀試將詩義授如以肉貫弗
開袪露毫末自得高蹇嵼我身蹈丘軻爵位不早綰
固宜長有人文章紹編剗感荷君子德怳若乘朽棧
召令吐所記解摘了瑟僩顧視窓壁閒親戚競覘覰

喜氣排寒冬逼耳鳴睍睆如今更誰恨便可耕灞滻

調張籍

李杜文章在光焰萬丈長不知羣兒愚那用故謗傷
蚍蜉撼大樹可笑不自量伊我生其後舉頸遥相望
夜夢多見之晝思反微茫徒觀斧鑿痕不矚治水航
想當施手時巨刃磨天揚垠崖劃崩豁乾坤擺雷硠
惟此兩夫子家居率荒涼帝欲長吟哦故遣起且僵
翦翎送籠中使看百鳥翔平生千萬篇金薤垂琳琅
僊官敕六丁雷電下取將流落人間者太山一豪芒
我願生兩翅捕逐出八荒精誠忽交通百怪入我腸
刺手拔鯨牙舉瓢酌天漿騰身跨汗漫不著織女襄

顧語地上友經營無太忙乞君飛霞珮與我高頡頏

盧郎中雲夫寄示送盤谷子詩兩章歌以和之

昔尋李愿向盤谷正見高崖巨壁爭開張是時新晴天井溢誰把長劍倚太行衝風吹破落天外飛雨白日灑洛陽東蹈燕川食曠野有饋木蕨芽滿筐馬頭溪深不可厲借車載過水入箱平沙綠浪榜方口鴈鴨飛起穿垂楊窮探極覽頗恣橫物外日月本不忙歸來辛苦欲誰爲坐令再往之計墮眇芒閑門長安三日雪推書撲筆歌慨慷旁無壯士遣屬和遠憶盧老詩顛狂開緘忽覩送歸作字向紙上皆軒昂又知

李侯竟不顧方冬獨入崔嵬藏我今進退幾時決十年蠢蠢隨朝行家請官供不報荅何異雀鼠偷太倉行抽手版付丞相不待彈劾還耕桑

寄皇甫湜

敲門驚晝睡問報睦州吏手把一封書上有皇甫字拆書放牀頭涕與淚垂四昏昏還就枕惘惘夢相值悲哉無奇術安德生兩翅

病中贈張十八

中虛得暴下避冷臥北窻不蹋曉鼓朝安眠聽逢逢籍也處閭里抱能未施邦文章自娛戲金石日擊撞龍文百斛鼎筆力可獨扛談舌久不掉非君亮誰雙

扶几導之言曲節初摐摐半塗喜開鑿派別失大江
吾欲盈其氣不令見麾幢牛羊滿田野解旆束空杠
傾罇與斟酌四壁堆罌缸玄帷隔雪風照鑪釘明釭
夜闌縱捭闔哆口疎眉厖勢侔高陽翁坐約齊横降
連日挾所有形軀頓胮肛將歸乃徐謂子言得無哤
廻軍與角逐斫樹收窮龐雌聲吐欵要酒壺綴羊腔
君乃崑崙渠籍乃嶺頭瀧譬如蟻垤微詎可陵崆峴
幸願終賜之斬拔枿與樁從此識歸處東流水淙淙

雜詩

古史散左右詩書置後前豈殊蠹書蟲生死文字間
古道自愚惷古言自包纏當今固殊古誰與爲欣歡

獨攜無言子共昇崑崙顚長風飄襟裾遂起飛高圓
下視禹九州一塵集豪端遨嬉未云幾下已億萬年
向者夸奪子萬墳厭其巓惜哉抱所見白黑未及分
慷慨爲悲咤淚如九河翻指摘相告語雖還今誰親
翩然下大荒被髮騎騏驎

寄崔二十六立之

西城貟外丞心跡兩屈奇往歲戰詞賦不將勢力隨
下驢入省門左右驚紛披傲兀坐試席深叢見孤羆
文如翻水成初不用意爲四座各低面不敢捩眼窺
升階揖侍郎歸舍日未欹佳句喧衆口考官敢瑕疵
連年收科第若摘頷底髭迴首卿相位通途無他岐

豈論校書郎袍笏光參差童稚見稱說祝身得如斯
儕輩妬且熱喘如竹筒吹老婦願嫁女約不論財貲
老翁不量分累月笞其兒攪攪爭附託無人角雄雌
由來人間事翻覆不可知安有巢中鷇插翅飛天陲
駒麝著爪牙猛虎借與皮汝頭有韁繫汝脚有索縻
陷身泥溝間誰復稟指撝不脫吏部選可見偶與奇
又作朝士貶得非命所施客居京城中十日營一炊
逼迫走巴蠻恩愛座上離昨來漢水頭始得完孤羈
桁掛新衣裳盎棄食殘糜苟無饑寒苦那用分高卑
憐我還好古宦途同險巇每旬遺我書竟歲無差池
新篇奚其思風幡肆逶迤又論諸毛功劈水看蛟螭

雷電生睒睗角鬣相撐披屬我感窮景抱華不能摛
唱來和相報愧歎俾我疵又寄百尺綵緋紅相盛衰
巧能喻其誠深淺抽肝脾開展放我側方餐涕垂匙
朋交日凋謝存者逐利移子寧獨迷誤綴綴意益彌
舉頭庭樹豁狂飈卷寒曦迢遞山水隔何由應塤篪
別來就十年君馬記騧驪長女當及事誰助出帨縭
諸男皆秀朗幾能守家規文字銳氣在輝輝見旌麾
摧腸與慼容能復持酒卮我雖未耋老髮禿骨力羸
所餘十九齒飄飄盡浮危玄花著兩眼視物隔褷襹
燕席謝不詣游鞍懸莫騎敦敦凭書案譬彼鳥黏䵒
且吾聞之師不以物自隳孤豚眠糞壤不慕太廟犧

君看一時人幾輩先騰馳過半黑頭死陰蟲食枯骴
歡華不滿眼咎責塞兩儀觀名計之利詎足相陪裨
仁者恥貪冒受祿量所宜無能食國惠豈異哀癃罷
久欲辭謝去休令衆睢睢況又嬰疹疾寧保軀不貲
不能前死罷內實慚神祇舊籍在東都茅屋枳棘籬
還歸非無指灞渭揚春澌生兮耕吾疆死也埋吾陂
文書自傳道不仗史筆垂夫子固吾黨新恩釋銜羈
去來伊洛上相待安罛箄我有雙飲醆其銀得朱提
黃金塗物象雕鐫妙工倕乃令千里鯨么麽微螽斯
猶能爭明月擺掉出渺瀰野草花葉細不辯薋菉葹
緜緜相糾結狀似環城陴四隅芙蓉樹擢豔皆猗猗

鯨以興君身失所逢百惟月以喻夫道僶勉厲莫戲草木明覆載妍醜齊榮萎願君恒御之行止雜燧觿異日期對舉當如合分支

月蝕詩效玉川子作

元和庚寅斗插子月十四日三更中森森萬木夜僵立寒氣屓贔頑無風月形如白盤完完上天東忽然有物來噉之不知是何蟲如何至神物遭此狼狽凶星如撒沙出攢集爭強雄油燈不照席是夕吐燄如長虹玉川子涕泗下中庭獨行念此日月者爲天之眼睛此猶不自保吾道何由行嘗聞古老言疑是蝦蟇精徑圓千里納女腹何處養女百醜形把沙脚手

鈍誰使女解緣青冥黃帝有四目帝舜重其明今天
祇兩目何故許食使偏盲堯呼大水浸十日不惜萬
國赤子魚頭生女於此時若食日雖食八九無嚵名
赤龍黑烏燒口熱翎鬣倒側相搪撑婪酣大肚遭一
飽饑腸徹死無由鳴後時食月罪當死天羅磕帀何
處逃汝刑玉川子立於庭而言曰地行賤臣仝再拜
敢告上天公臣有一寸刃可剗凶蟇腸無梯可上天
天階無由有臣蹤寄牋東南風天門西北祈風通丁
寧附耳莫漏泄薄命正值飛廉慵東方青色龍牙角
何呀呀從官百餘座嚼啜煩官家月蝕汝不知安用
爲龍窟天河赤烏司南方尾秃翅觰沙月蝕於汝頭

汝口開呀呀蝦蟇掠汝兩吻過忍學省事不以汝觜啄蝦蟇於菟蹲於西旗旄衛毿㲠既從白帝祠又食於䄍禮有加忍令月被惡物食枉於汝口插齒牙烏龜怯姦怕寒縮頸以殼自遮終令夸蛾抉汝出卜師燒錐鑽灼滿板如星羅此外內外官瑣細不足科臣請悉掃除慎勿許語令啾譁併光全耀歸我月盲眼鏡淨無纖瑕弊蛙拘送主府官帝箸下腹甞其皤依前使兔操杵臼玉階桂樹閒婆娑亘娥還宮室太陽有室家天雖高耳屬地感臣赤心使臣知意雖無明言潛喻厥旨有氣有形皆吾赤子雖忿大傷忍殺孩穉還女月明安行于次盡釋衆罪以蛙磔死

孟生詩

孟生江海士古貌又古心嘗讀古人書謂言古猶今
作詩三百首窅默咸池音騎驢到京國欲和薰風琴
豈識天子居九重鬱沉沉一門百夫守無籍不可尋
晶光蕩相射旗戟翩以森遷延乍却走驚怪靡自任
舉頭看白日泣涕下霑襟朅來遊公卿莫肯低華簪
諒非軒冕族應對多差參萍蓬風波急桑榆日月侵
奈何從進士此路轉嶇嶔異質忌處羣孤芳難寄林
誰憐松桂性競愛桃李陰朝悲辭樹葉夕感歸巢禽
顧我多慷慨窮簷時見臨清宵靜相對髮白聆苦吟
採蘭起幽念眇然望東南秦吳脩且阻兩地無數金

我論徐方牧好古天下欽竹實鳳所食德馨神所歆
求觀衆丘小必上泰山岑求觀衆流細必泛滄溟深
子其聽我言可以當所箴既獲則思返無爲久滯淫
卞和試三獻期子在秋砧

射訓狐

有鳥夜飛名訓狐矜凶挾狡誇自呼乘時陰黑止我
屋聲勢慷慨非常麤安然大喚誰畏忌造作百怪非
無須聚鬼徵妖自朋扇擺掉栱桷頽墍塗慈母抱兒
怕入席那暇更護雛窠雛我念乾坤德泰大卵此惡
物常勤劬縱之豈即遽有害斗柄行拄西南隅誰謂
停奸計尤劇意欲唐突羲和烏侵更歷漏氣彌厲何

由俛倖休須臾咨余徃射豈得已候女兩眼張睢盱
梟鷔墮梁蛇走竇一夫斬頸羣雛枯

將歸贈孟東野房蜀客

君門不可入勢利互相推借問讀書客胡爲在京師
舉頭未能對閉眼聊自思倏忽十六年終朝苦寒饑
宦途竟寥落鬢髮坐差池潁水清且寂箕山坦而夷
如今便當去咄咄無自疑

荅孟郊

規模背時利文字覷天巧人皆餘酒肉子獨不能飽
纔春思已亂始秋悲又攪朝餐動及午夜諷恒至卯
名聲暫羶腥腸肚鎮煎熻古心雖自鞕世路終難拗

弱拒喜張臂猛挐閒縮爪見倒誰肯扶從嗔我須戲

從仕

居閒食不足從仕力難任兩事皆害性一生恒苦心
黄昏歸私室惆悵起歎音棄置人閒世古來非獨今

短燈檠歌

長檠八尺空自長短檠二尺便且光黄簾綠幕朱戶
閉風露氣入秋堂涼裁衣寄遠淚眼暗搔頭頻挑移
近牀太學儒生東魯客二十辭家來射策夜書細字
綴語言兩目眵昏頭雪白此時提攜當案前看書到
曉那能眠一朝富貴還自恣長檠高張照珠翠吁嗟
世事無不然牆角君看短檠棄

送劉師服

夏半陰氣始，淅然雲景秋。蟬聲入客耳，驚起不可留。草草具盤饌，不待酒獻酬。士生爲名累，有似魚中鈎。齎財入市賣，貴者恒難售。豈不畏顚頷，爲功忌中休。勉哉耘其業，以待歲晩收。

昌黎先生集卷第五

三

昌黎先生集卷第六

古詩

符讀書城南一首

木之就規矩在梓匠輪輿人之能爲人由腹有詩書
詩書勤乃有不勤腹空虛欲知學之力賢愚同一初
由其不能學所入遂異閭兩家各生子提孩巧相如
少長聚嬉戲不殊同隊魚年至十二三頭角稍相踈
二十漸乖張清溝映汙渠三十骨骼成乃一龍一豬
飛黃騰踏去不能顧蟾蜍一爲馬前卒鞭背生蟲蛆
一爲公與相潭潭府中居問之何因爾學與不學歟
金璧雖重寳費用難貯儲學問藏之身身在則有餘

君子與小人不繫父母且不見公與相起身自犂鉏
不見三公後寒飢出無驢文章豈不貴經訓乃菑畬
潢潦無根源朝滿夕已除人不通古今馬牛而襟裾
行身陷不義況望多名譽時秋積雨霽新涼入郊墟
燈火稍可親簡編可卷舒豈不旦夕念為爾惜居諸
恩義有相奪作詩勸躊躇

示爽一首

宣城去京國里數逾三千念汝欲別我解裝具盤筵
日昏不能散起坐相引牽冬夜豈不長達旦燈燭然
座中悉親故誰肯捨汝眠念汝將一身西來曾幾年
名科掄衆俊州考居吏前今從府公召府公文時賢

時輩千百人孰不謂汝妍汝來江南近里閭故依然
昔日同戲兒看汝立路邊人生但如此其實亦可憐
吾老世味薄因循致留連強顏班行內何實非罪愆
才短難自力懼終莫洗湔臨分不汝誑有路即歸田

人日城南登高一首

初正候纔兆涉七氣已弄靄靄野浮陽暉暉水披凍
聖朝身不廢佳節古所用親交既許來子姪亦可從
盤蔬冬春雜罇酒清濁共令徵前事爲觴詠新詩送
扶杖凌圯阯刺船犯枯葑戀池羣鴨迴釋嶠孤雲縱
人生本坦蕩誰使妄倥傯直指桃李闌幽尋寧止重

病鴟一首

屋東惡水溝有鴟墮鳴悲青泥掩兩翅拍拍不得離
羣童叫相召瓦礫爭先之計校生平事殺却理亦宜
奪攘不愧恥飽滿盤天嬉晴日占光景高風送追隨
遂凌紫鳳羣肯顧鴟鳶卑今者運命窮遭逢巧丸兒
中汝要害處汝能不得施於吾乃何有不忍乘其危
丐汝將死命浴以清水池朝飡輟魚肉暝宿防狐貍
自知無以致蒙德久猶疑飽入深竹叢飢來傍階基
亮無責報心固以聽所爲昨日有氣力飛跳弄藩籬
今晨忽徑去曾不報我知僥倖非汝福天衢汝休窺
京城事彈射豎子豈易欺勿諱泥坑辱泥坑乃良規

華山女一首

街東街西講佛經撞鐘吹螺鬧宮庭廣張罪福資誘脅聽衆狎恰排浮萍黃衣道士亦講説座下寥落如明星華山女兒家奉道欲驅異教歸仙靈洗粧拭面著冠帔白咽紅頰長眉青遂來昇座演眞訣觀門不許人開扃不知誰人暗相報訇然振動如雷霆掃除衆寺人跡絶驊騮塞路連輜軿觀中人滿坐觀外後至無地無由聽抽釵脱釧解環佩堆金疊玉光青熒天門貴人傳詔召六宮願識師顔形玉皇頷首許歸去乘龍駕鶴來青冥豪家少年豈知道來繞百帀脚不停雲窻霧閣事慌惚重重翠幔深金屏仙梯難攀俗緣重浪憑三鳥通丁寧

讀皇甫湜公安園池詩書其後二首

晉人目二子其猶吹一吷區區自其下顧肯挂牙舌
春秋書王法不誅其人身爾雅注蟲魚定非磊落人
湜也困公安不自閑窮年枉智思掎摭糞壤汙穢豈
有臧誠不如兩忘但以一槩量
我有一池水蒲葦生其間蟲魚沸相嚼日夜不得閑
我初往觀之其後益不觀觀之亂我意不如不觀完
用將濟諸人捨得業孔顏百年詎幾時君子不可閑

路傍堠一首

堠堠路傍堠一雙復一隻迎我出秦關送我入楚澤
千以高山遮萬以大水隔吾君勤聽治照與日月敵

臣愚幸可哀臣罪庶可釋何當迎送歸緣路高歷歷

食曲河驛一首

晨及曲河驛悽然自傷情羣烏巢庭樹乳雀飛簷楹
而我抱重罪孑孑萬里程親戚頓乖角圖史棄縱橫
下負明義重上孤朝命榮殺身諒無補何用答生成

過南陽一首

南陽郭門外桑下麥青青行子去未已春鳩鳴不停
秦商邈既遠湖海浩將經孰忍生以感吾其寄餘齡

瀧吏一首

南行逾六旬始下昌樂瀧險惡不可狀船石相舂撞
往問瀧頭吏潮州尚幾里行當何時到土風復何似

瀧吏垂手笑官何問之愚譬官居京邑何由知東吳
東吳遊宦鄉官知自有由潮州底處所有罪乃竄流
儂幸無負犯何由到而知官今行自到那遽妄問爲
不虞卒見困汗出愧且駭吏曰聊戲官儂嘗使往罷
嶺南大抵同官去道苦遼下此三千里有州始名潮
惡溪瘴毒聚雷電常洶洶鱷魚大於船牙眼怖殺儂
州南斗數里有海無天地颶風有時作掀簸眞差事
聖人於天下於物無不容比聞此州囚亦有生還儂
官無嫌此州固罪人所徙官當明時來事不待說委
官不自謹慎宜即引分往胡爲此水邊神色久戃慌
瓬大鉼甖小所任自有宜官何不自量滿溢以取斯

工農雖小人事業各有守不知官在朝有益國家不
得無虱其閒不武亦不文仁義飭其躬巧藝敗倫羣
叩頭謝吏言始懃今更姦歷官二十餘國恩並未酬
凡吏之所訶嗟實頗有之不即金木誅敢不識恩私
潮州雖去遠惟惡不可過於身實已多敢不持自賀

贈別元十八協律六首

知識久去眼吾行其旣遠瞢瞢莫訾省默默但寢飯
子兮何爲者冠珮立憲憲何氏之從學蘭蕙已滿畹
於何翫其光以至歲向晚治惟尚和同無俟於謇謇
或師絕學賢不以藝自輓子兮獨如何能自媚婉婉
金石出聲音宮室發關楗何人識章甫而知駿蹄踠

惜乎吾無居不得留息偃臨當背面時裁詩示繾綣
英英桂林伯實維文武特遠勞從事賢來弔逐臣色
南裔多山海道里屢紆直風波無程期所憂動不測
子往誠艱難我去未窮極臨別且何言有淚不可拭
吾友柳子厚其人藝且賢吾未識子時已覽贈子篇
寤寐想風采於今已三年不意流竄路旬日同食眠
所聞昔已多所得今過前如何又須別使我抱悄悄
勢要情所重排斥則埃塵骨肉未免然又況四海人
嶷嶷桂林伯矯矯義勇身生平所未識待我逾交親
遺我數幅書繼以藥物珍藥物防瘴癘書勸養形神
不知四罪地豈有再起辰窮途致感激肝膽還輪囷

讀書患不多思義患不明患足己不學既學患不行
子今四美具實大華亦榮王官不可闕未宜後諸生
嗟我擯海南無由助飛鳴
寄書龍城守君驥何時秣峽山逢颶風雷電助撞捽
乘潮簸扶胥近岸指一髮兩巖雖去窄木石手飛發
屯門雖云高亦映波浪沒余罪不足惜子生未宜忽
胡爲不忍別感謝情至骨
初南食貽元十八協律一首
鱟實如惠文骨眼相負行蠔相黏爲山百十各自生
蒲魚尾如蛇口眼不相營蛤即是蝦蟇同實浪異名
章舉馬甲柱鬪以怪自呈其餘數十種莫不可歎驚

我來禦魑魅自宜味南烹調以鹹與酸芼以椒與橙
腥臊始發越咀吞面汗騂惟蛇舊所識實憚口眼獰
開籠聽其去鬱屈尚不平賣爾非我罪不屠豈非情
不祈靈珠報幸不嫌怨并聊歌以記之文以告同行

宿曾江口示姪孫湘二首

雲昏水奔流天水漭相圍三江滅無口其誰識涯圻
暮宿投民村高處水半扉犬雞俱上屋不復走與飛
篙舟入其家暝聞屋中唏問知歲常然哀此為生微
海風吹寒晴波揚眾星輝仰視北斗高不知路所歸
舟行亡故道屈曲高林間林間無所有奔流但潺潺
嗟我亦拙謀致身落南蠻茫然失所詣無路何能還

荅柳柳州食蝦蟇一首

蝦蟇雖水居水特變形皃強號爲蛙蛤於實無所校
雖然兩股長其奈背脊皰跳躑雖云高竟不離濘淖
鳴聲相呼和無理只取鬧周公所不堪灑灰垂典教
我弃愁海渚恒願眠不覺叵堪朋類多沸耳作驚爆
端能敗笙磬仍工亂學校雖蒙句踐禮竟不聞報效
大戰元鼎年孰強孰敗橈居然當鼎味豈不辱釣罩
余初不下喉近亦能稍稍常懼染蠻夷失平生好樂
而君復何爲甘食比豢豹獵較務同俗全身斯爲孝
哀哉思慮深未見許迴櫂

別趙子一首

我遷於揭陽君先揭陽居揭陽去京華其里萬有餘
不謂小郭中有子可與娛心平而行高兩通詩與書
婆娑海水南簸弄明月珠及我遷宜春意欲攜以俱
擺頭笑且言我豈不足歟文奚爲於北往來以紛如
海中諸山中幽子頗不無相期風濤觀已久不可渝
又嘗疑龍鰕果誰雄牙鬚蚌蠃魚鼈蟲瞿瞿以狙狙
識一以忘十大同細自殊欲一窮究之時歲屢謝除
今子南且北豈非亦有圖人心未嘗同不可一理區
宜各從所務未用相賢愚

除官赴闕至江州寄鄂岳李大夫一首

盆城去鄂渚風便一日耳不枉故人書無因帆江水

故人辭禮闈旌節鎮江圻而我竄逐者龍鍾初得歸
別來已三歲望望長迢遞咫尺不相聞平生那可計
我齒落且盡君鬚白幾何年皆過半百來日苦無多
少年樂新知衰暮思故友譬如親骨肉寧免相可不
我昔實愚惷不能降色辭子犯亦有言臣猶自知之
公其務貫過我亦請改事桑榆儻可收願寄相思字

南山有高樹行一首贈李宗閔

南山有高樹花葉何衰衰上有鳳皇巢鳳皇乳且棲
四旁多長枝羣鳥所託依黃鵠據其高衆鳥接其卑
不知何山鳥羽毛有光輝飛飛擇所處正得衆所希
上承鳳皇恩自期永不衰中與黃鵠羣不自隱其私

下視羣鳥羣汝徒竟何爲不知挾丸子心默有所規
彈汝枝葉閒汝翅不覺摧或言由黃鵠黃鵠豈有之
愼勿猜衆鳥衆鳥不足猜無人語鳳皇汝屈安得知
黃鵠得汝去婆娑弄毛衣前汝下視鳥各議汝瑕疵
汝豈無朋匹有口莫肯開汝落蒿艾閒幾時復能飛
哀哀故山友中夜思汝悲路遠翅翎短不得持汝歸

猛虎行一首

猛虎雖云惡亦各有匹儕羣行深谷閒百獸望風低
身食黃熊父子食赤豹麛擇肉於熊羆肯視兔與貍
正晝當谷眠眼有百步威自矜無當對氣性縱以乖
朝怒殺其子暮還食其妃匹儕四散走猛虎還孤棲

狐鳴門四旁出逐雉入居鳥鵲從噪之虎不知所歸
誰云猛虎惡中路正悲啼豹來銜其尾熊來攫其頣
猛虎死不辭但慙前所爲虎坐無助死況如汝細微
故當結以信親當結以私親故且不保人誰信汝爲

昌黎先生集卷第六

昌黎先生集卷第七

古詩

雪後寄崔二十六丞公一首

藍田十月雪塞關我興南望愁羣山攢天嵬嵬凍相
映君乃寄命於其間秩卑俸薄食口衆豈有酒食開
容顏殿前羣公賜食罷驊騮蹋路驕且閑稱多量少
鑒裁密豈念幽桂遺榛菅幾欲犯嚴出薦口氣象硉
兀未可攀歸來隕涕揜關卧心之紛亂誰能删詩翁
憔悴劚荒棘清玉刻珮聯玦環腦脂遮眼卧壯士大
弨擐壁無由彎乾坤惠施萬物遂獨於數子懷偏慳
朝欷暮唶不可解我心安得如石頑

送僧澄觀一首

浮屠西來何施爲擾擾四海爭奔馳構樓架閣切星漢誇雄鬬麗止者誰僧伽後出雄泗上勢到衆佛尤恢奇越商胡賈脫身獻珪璧滿船寧計資清淮無波平如席欄柱傾扶半天赤火燒水轉掃地空突兀便高三百尺影沉潭底龍驚遁當晝無雲跨虛碧借問經營本何人道人澄觀名籍籍愈昔從軍大梁下往來滿屋賢豪者皆言澄觀雖僧徒公才吏用當今無後從徐州辟書至紛紛過客何由記人言澄觀乃詩人一座競吟詩句新向風長歎不可見我欲收斂加冠巾洛陽窮秋厭窮獨丁丁啄門疑啄木有僧來訪

呼使前伏犀插腦高頰權惜哉已老無所及坐晛神
骨空潸然臨淮太守初到郡遠遣州民送音問好奇
賞俊直難逢去去爲致思從容

山南鄭相公樊貟外酬荅爲詩其末咸有見
及語樊封以示愈依賦十四韻以獻一首

梁維西南屏山厲水刻屈稟生肖勦剛難諧在民物
滎公鼎軸老烹斡力健倔帝咨女余往牙纛前坌坲
威風挾惠氣蓋壤兩劘拂茫漫華黒閒指畫變怳欻
誠旣富而美章彙霍炳蔚日延講大訓龜判錯袞黻
樊子坐賓署演孔刮老佛金舂撼玉應厥臭劇蕙鬱
遺我一言重跽受惕齋慄辭慳義卓闊呀豁疚掊掘

如新去町疃雷霆逼颺颸綴此豈爲訓俚言紹莊屈

奉和武相公鎮蜀時詠使宅韋太尉所養孔

雀一首

穆穆鸞鳳友何年來止茲飄零失故態隔絶抱長思

翠角高獨聳金華煥相差坐蒙恩顧重畢命守堦墀

感春三首

偶坐藤樹下暮春下旬閒藤陰已可庇落蘂還漫漫

亹亹新葉大瓏瓏晩花乾青天高寥寥兩蝶飛翻翻

時節適當爾懐悲自無端

黄黄蕪菁花桃李事已退狂風簸枯榆狼藉九衢内

春序一如此汝顔安足頼誰能駕飛車相從觀海外

晨遊百花林朱朱兼白白柳枝弱而細懸樹垂百尺
左右同來人金紫貴顯劇嬌童爲我歌哀響跨箏笛
豔姬蹋筵舞清眸刺劒戟心懷平生友莫一在燕席
死者長眇芒生者困乖隔少年眞可喜老大百無益

早赴街西行香贈盧李二中舍人一首

天街東西異祇命遂成游月明御溝曉蟬吟堤樹秋
老僧情不薄僻寺境還幽寂寥二三子歸騎得相收

晩寄張十八助教周郎博士一首

日薄風景曠出歸偃前簷晴雲如擘絮新月似磨鐮
田野興偶動衣冠情久猒吾生可攜手歎息歲將淹

題張十八所居一首

君居泥溝上溝濁萍青青蛙讙橋未掃蟬嘒門長扃
名秩後千品詩文齊六經端來問奇字為我講聲形

奉酬盧給事雲夫四兄曲江荷花行見寄并

呈上錢七兄閣老張十八助教一首

曲江千頃波秋淨平鋪紅雲蓋明鏡大明宮中給事
歸走馬來看立不正遺我明珠九十六寒光映骨睡
離目我今官閑得婆娑問言何處芙蓉多撐舟昆明
度雲錦脚敲兩舷叫吴歌太白山高三百里負雪崔
嵬插花裏玉山前却不復來曲江汀瀅水不平盃我
時相思不覺一迴首天門九扇相當開上界真人足
官府豈如散仙鞭笞鸞鳳終日相追陪

奉和錢七兄曹長盆池所植一首

翻翻江浦荷而生今在此擢擢菰葉長芳根復誰徙露涵兩鮮翠風蕩相磨倚但取主人知誰言盆盎是

記夢一首

夜夢神官與我言羅纓道妙角與根挈攜陬維口瀾翻百二十刻須臾間我聽其言未云足捨我先度橫山腹我徒三人共追之一人前度安不危我亦平行蹋⿰喬亢⿸虍亢神完骨蹻脚不掉側身上視谿谷盲杖撞玉版聲彭觥神官見我開顏笑前對一人壯非少石壇坡陀可坐臥我手承頦肘拄座隆樓傑閣磊嵬高天風飄飄吹我過壯非少者哦七言六字常語一字難

我以指撮白玉丹行且咀噍行詰盤口前截斷第二
句綽虐顧我顏不歡乃知仙人未賢聖護短憑愚邀
我敬我能屈曲自世間安能從女巢神山

南内朝賀歸呈同官一首

薄雲蔽秋曦清雨不成泥罷賀南内衙歸涼曉淒淒
緑槐十二街渙散馳輪蹄余惟戇憨書生孤身無所齎
三黜竟不去致官九列齊豈惟一身榮珮玉冠簪犀
滉蕩天門高著籍朝厥妻文才不如人行又無町畦
問之朝廷事略不知東西況於經籍深豈究端與倪
君恩太山重不見酬稗稊所職事無多又不自提撕
明庭集孔鸞曷取於鳧鷖樹以松與柏不宜間蒿藜

婉孌自媚好幾時不見擠貪食以忘軀鼬不調鹽醯
法吏多少年磨淬出角圭將舉汝愆尤以爲己階梯
收身歸關東期不到死迷

朝歸一首

峨峨進賢冠耿耿水蒼珮服章豈不好不與德相對
顧影聽其聲赬顏汗漸背進乏犬雞効又不勇自退
坐食取其肥無堪等聾瞶長風吹天墟秋日萬里曬
抵暮但昏眠不成歌慷慨

雜詩四首

朝蠅不須驅暮蚊不可拍蠅蚊滿八區可盡與相格
得時能幾時與汝恣啖咋涼風九月到掃不見蹤跡

鵲鳴聲楂楂烏噪聲擭擭爭鬬庭宇閒持身博彈射
黄鵠忍長飢兩翅乆不擘蒼蒼雲海路歲晚將無獲
截橑爲欂櫨斵楹以爲椽束蒿以代之小大不相權
雖無風雨災得不覆且顛解轡棄騏驥蹇驢鞭使前
崑崙高萬里歲盡道苦邅停車卧輪下絶意於神仙
雀鳴朝營食鳩鳴暮覓羣獨有知時鶴雖鳴不緣身
喑蟬終不鳴有抱不列陳蛙黽鳴無謂閤閤祇亂人

讀東方朔雜事一首

嚴嚴王母宮下維萬仙家噫欠爲飄風濯手大雨沱
方朔乃豎子驕不加禁訶偷入雷電室輷輘掉狂車
王母聞以笑衛官助呼呼不知萬萬人生身埋泥沙

皺頓五山踣流漂八維蹉曰吾兒可憎奈此狡獪何
方朔聞不喜褫身絡蛟蛇瞻相北斗柄兩手自相挼
羣仙急乃言百犯庸不科向觀睥睨處事在不可赦
欲不布露言外口實諠譁王母不得已顏嚬口齎嗟
頷頭可其奏送以紫玉珂方朔不懲創挾恩更矜誇
詆欺劉天子正晝溺殿衙一旦不辭訣攝身凌蒼霞

譴瘧鬼一首

屑屑水帝魂謝謝無餘輝如何不肖子尚奮瘧鬼威
乘秋作寒熱翁嫗所罵譏求食歐洩間不知臭穢非
醫師加百毒熏灌無停機灸師施艾炷酷若獵火圍
詛師毒口牙舌作霹靂飛符師弄刀筆丹墨交橫揮

咨汝之胄出門戶何巍巍祖軒而父頊未沫於前徽
不修其操行賤薄似汝稀豈不忝厥祖靦然不知歸
湛湛江水清歸居安汝妃清波爲裳衣白石爲門巀
呼吸明月光手掉芙蓉旂降集隨九歌飲芳而食菲
贈汝以好辭咄汝去莫違

示兒一首

始我來京師止攜一束書辛勤三十年以有此屋廬
此屋豈無華於我自有餘中堂高且新四時祭牢蔬
前榮饌賓親冠婚之所於庭內無所有高樹八九株
有藤婁絡之春華夏陰敷東堂坐見山雲風相吹噓
松果連南亭外有瓜芋區西偏屋不多槐榆翳空虛

山鳥旦夕鳴有類澗谷居主婦治北堂膳服適戚疎
恩封高平君子孫從朝裾開門問誰來非無卿大夫
不知官高卑玉帶懸金魚問客之所爲峩冠講唐虞
酒食罷無爲碁槊以相娛凡此座中人十九持鈞樞
又問誰與頻莫與張樊如來過亦無事考評道精麤
躍躍媚學子牆屏日有徒以能問不能其蔽豈可祛
嗟我不修飾事與庸人俱安能坐如此比肩於朝儒
詩以示兒曹其無迷厥初

庭楸一首

庭楸止五株共生十步閒各有藤繞之上各相鉤聯
下葉各垂地樹顚各雲連朝日出其東我常坐西偏

々日在其西我常坐東邊當晝日在上我在中央閒仰視何青青上不見纖穿朝暮無日時我且八九旋濯濯晨露香明珠何聯聯夜月來照之蒨蒨自生煙我已自頑惰重遭五楸牽客來尚不見肯到權門前權門衆所趨有客動百千九牛亡一毛未在多少閒往既無可領不往自可憐

翫月喜張十八員外以王六秘書至一首

前夕雖十五月長未滿規君來晤我時風露渺無涯浮雲散白石天宇開青池孤質不自憚中天爲君施翫翫夜遂久亭亭曙將披況當今夕圓又以嘉客隨惜無酒食樂但用歌嘲爲

和李相公攝事南郊覽物興懷呈一二知舊一首

燦燦辰角曙亭亭寒露朝川原共澄映雲日還浮飄上宰嚴祀事清途振華鑣圓丘峻且坦前對南山標村樹黄復緑中田稼何饒顧瞻想巖谷興歎倦塵囂惟彼顛瞑者去公豈不遼爲仁朝自治用靜兵以銷勿憚吐捉勤可歌風雨調聖賢相遇少功德今宣昭

和裴僕射相公爲山十一韻一首

公乎真愛山看山旦連夕猶嫌山在眼不得著脚歷枉語山中人匄我澗側石有來應公須歸必載金帛當軒乍駢羅隨勢忽開坼有洞若神剜有巖類天劃

終朝巖洞閒歌鼓燕賓戚孰謂衡霍期近在王侯宅
傳氏築已卑磻溪釣何激逍遥功德下不與事相撫
樂我盛明朝於焉傲今昔

與張十八同效阮步兵一日復一夕一首

一日復一日一朝復一朝祇見有不如不見有所超
食作前日味事作前日調不知久不死憫憫尚誰要
富貴自縶拘貧賤亦煎焦俯仰未得所一世已解鑣
譬如籠中鶴六翮無所搖譬如兔得蹄安用東西跳
還看古人書復舉前人瓢未知所究竟且作新詩謡

送諸葛覺往隨州讀書一首

鄴侯家多書插架三萬軸一一懸牙籤新若手未觸

爲人强記覽過眼不再讀偉哉羣聖文磊落載其腹
行年餘五十出守數已六京邑有舊廬不容久食宿
臺閣多官員無地寄一足我雖官在朝氣勢日局縮
屢爲丞相言雖懇不見録送行過滻水東望不轉目
今子從之游學問得所欲入海觀龍魚矯翮逐黄鵠
勉爲新詩章月寄三四幅

南溪始泛三首

榜舟南山下上上不得返幽事隨去多孰能量近遠
陰沉過連樹藏昂抵横坂石麤肆磨礪波惡厭牽挽
或倚偏岸漁竟就平洲飯點點暮雨飄梢梢新月偃
餘年懍無幾休日愴已晚自是病使然非由取高蹇

南溪亦清駛而無檝與舟山農驚見之隨我觀不休
不惟兒童輩或有杖白頭饋我籬中瓜勸我此淹留
我云以病歸此已頗自由幸有用餘俸置居在西疇
囷倉米穀滿未有旦夕憂上去無得得下來亦悠悠
但恐煩里閭時有緩急投願爲同社人雞豚燕春秋
足弱不能步自宜收朝蹟羸形可輿致佳觀安事擲
即此南坂下乆聞有水石拖舟入其間溪流正清激
隨波吾未能瀨峻乍可刺鷺起若導吾前飛數十尺
亭亭帶柳沙團團松冠壁歸時還盡夜誰謂非事役

昌黎先生集卷第七

昌黎先生集卷第八

聯句

城南聯句一首

竹影金瑣碎郊泉音玉淙琤瑠璃翦木葉愈翡翠開園英
流滑隨仄步郊搜尋得深行遙岑出寸碧愈遠目增雙明
乾穟紛柱地郊化蟲枯挶莖木腐或垂耳愈草珠競駢睛
浮虛有新斸郊摧扤饒孤撐囚飛粘網動愈盜啅接彈驚
脫實自開坼郊牽柔誰繞縈禮鼠拱而立愈駭牛躅且鳴
蔬甲喜臨社郊田毛樂寬征露螢不自暖愈凍蝶尚思輕
宿羽有先曉郊食鱗時半橫菱翻紫角利愈荷折碧圓傾
楚膩鱣鮪亂郊獠羞螺蠏并桑蠖見虛指愈穴狸聞鬬獰

遐騖翅相築郊擺幽尾交搒蔓涎角出縮愈樹啄頭敲鏗
脩箭褭金餌郊羣鮮沸池羹岸殼坼玄兆愈野麰漸豐萌
窰煙冪䟽島郊沙篆印迴平痒肌遭蚝刺愈啾耳聞雞生
奇慮恣迴轉郊遐睎縱逢迎巔林戢遠睫愈縹氣夷空情
歸跡歸不得郊捨心捨還爭靈麻撮狗蝨愈村稚啼禽猩
紅皺曬檐瓦郊黃團繫門衡得雋蠅虎健愈相殘雀豹趟
束枯樵指禿郊刈熟擔肩赬澁旋皮卷臠愈苦開腹膨脝
機舂潺湲力郊吹簸飄颻精賽饌木盤簇愈靸妖藤索併
荒學五六卷郊古藏四三塋里儒拳足拜愈土怪閃眸偵
蹄道補復破郊絲窠埽還成暮堂蝙蝠沸愈破竈伊威盈
追此訊前主郊答云皆冢卿敗壁剝寒月愈折篁嘯遺笙

桂熏霏霏在郊蘩跡微微呈剱石猶竦檻愈獸材尚挐楹
寶唾拾未盡郊玉題墮猶鎗牕綃疑閟豔愈糚燭已銷檠
緑鬉抽珉甃郊青膚聳瑤楨白蛾飛舞地愈幽蠹落書棚
惟昔集嘉詠郊吐芳類鳴嚶窺奇摘海異愈恣韻激天鯨
腸胃繞萬象郊精神驅五兵蜀雄李杜拔愈嶽力雷車轟
大句斡玄造郊高言軋霄崢芒端轉寒燠愈神助溢盃觥
巨細各乘運郊湍瀾亦騰聲凌花咀粉蘂愈削縷穿珠櫻
綺語洗晴雪郊嬌辭哢雛鸎酣歡雜弁珥愈繁價流金瓊
萌芽寫江調郊萎蕤綴藍瑛庖霜膾玄鯽愈淅玉炊香粳
朝饌已百態郊春醪又千名哀匏蹙駛景愈冽唱凝餘晶
解魄不自主郊痺肌坐空瞠扳援賤蹊絕愈炫曜仙選更

蘗巧競採笑郊駢鮮互探嬰桑變忽蕪蔓愈樟裁浪登丁
霞鬬詎能極郊風期誰復賡皐區扶帝壤愈瓌蘊郁天京
祥色被文彥郊良材插杉檉隱伏饒氣象愈興潛示堆坑
擘華露神物郊擁終儲地禎訏謨壯締始愈輔弼登階清
坌秀恣填塞郊呀靈滀渟澄益大聯漢魏愈肇初邁周嬴
積照涵德鏡郊傳經儷金籯食家行鼎鼐愈寵族飫弓旌
弈制盡從賜郊殊私得逾程飛橋上架漢愈繚岸俯規瀛
瀟碧遠輸委郊湖嵌費攜擎菌苗從大漠愈楓櫧至南荊
嘉植鮮危朽郊膏理易滋榮懸長巧紐翠愈象曲善攢珩
魚口星浮沒郊馬毛錦斑騂五方亂風土愈百種分鋤耕
葩蘤相妒出郊菲茸共舒晴類招臻倜詭愈翼萃伏衿纓

危望跨飛動郊冥外躡登閎春游轢靃靡愈彩伴颭嫈嫇
遺燦飄的皪郊淑顏洞精誠嬌應如在寤愈頹意若含酲
鵝毳翔衣帶郊鵝肪截珮璜文昇相照灼愈武勝屠攙槍
割錦不酬價郊構雲有高營通波牣鱗介愈䟽畹富蕭蘅
買養馴孔翠郊遠苞樹蕉栟鴻頭排刺芡愈鶻鷇攢瓖橙
鶩廣雜良牧郊蒙休賴先盟罷旄奉環衛愈守封踐忠貞
戰服脫明介郊朝冠飄彩紘爵勳逮僮隸愈簪笏自懷繃
乳下秀嶷嶷郊椒蕃泣喤喤貌鑑清溢匣愈眸光寒發硎
館儒養經史郊綴戚觴孫甥考鍾饋肴核愈戞鼓侑牢牲
飛膳自北下郊函珍極東烹如瓜煑大卵愈比線茹芳菁
海嶽錯口腹郊趙燕錫媌娙一笑釋仇恨愈百金交弟兄

貨至貊戎市郊呼傳鸚鴿令順居無鬼瞰愈抑橫免官評
殺候肆凌翦郊龍原帀罝縱羽空顛雉鷚愈血路迸狐麞
折足去踸踔郊蹙鬐怒鬡鬤躍犬疾翥鳥愈呼鷹甚飢䖵
筭蹄記功賞郊裂腦擒盪振猛斃牛馬樂愈妖殘梟鴝惸
窟窮尚嗔視郊箭出方驚抨連箱載已實愈礙轍棄仍贏
喘覷鋒刃點郊困衝株枿盲掃淨豁曠曠愈騁遙略苹苹
饞扠飽活臠郊惡嚼啍腥鯖歲律及郊至愈古音命韶韺
旗旆流日月郊帳廬扶棟甍磊落奠鴻璧愈參差席香藑
玄祇祉兆姓郊黑秬饎豐盛慶流蠲瘥癘愈威暢捐轊輣
靈燔望高冏郊龍駕聞敲韾是惟禮之盛愈永用表其宏
德孕厚生植郊恩熙宇刖剠宅土盡華族愈運田間強甿

薈庚森嶺檜郊啄場翙祥瞗畦肥翦韮薤愈陶固收盆甖
利養積餘健郊孝思事嚴祊掘雲破嵽嵲愈採月漉坳泓
寺砌上明鏡郊僧盂敲曉鉦泥像對騁怪愈鐵鍾孤舂鍠
癭頸鬧鳩鴿郊蟯垣亂蛷蠑葚黒老蠶蠋愈麥黄韻鸝鶊
韶曙遲勝賞郊賢明戒先庚馳門塡偪仄愈競墅輾砯砰
碎纈紅滿杏郊稠凝碧浮餳蹴繩覲娥婺愈鬬草擷璣珵
粉汗澤廣額郊金星墮連瓔鼻偷困淑郁愈眼剽強盯䁅
是節飽顔色郊玆疆稱都城書饒罄魚繭愈紀盛播琴箏
奚必事遠覿郊無端逐羇儋將身親魍魅愈浮跡侶鷗鶄
腥味空奠屈郊天年徒羨彭驚魂見蛇蚓愈觸嗅値蝦蟚
幸得履中氣郊忝從拂天根歸私暫休暇愈驅明出庠黌

鮮意竦輕暢郊連輝照瓊瑩陰暄逐風乙愈躍視舞晴蜻足勝自多詣郊心貪敵無勍始知樂名教愈何用苦拘停畢景任詩趣郊焉能守磑磑愈

會合聯句一首

離別言無期會合意彌重籍病添兒女戀老喪丈夫勇愈劒心知未死詩思猶孤聳郊愁去劇箭飛讙來若泉涌徹析言多新貫攄抱無昔壅籍念難須勤追悔易勿輕踵愈吟巴山犖嶨說楚波堆壟郊馬辭虎豹怒舟出蛟鼉恐徹狂鯨時孤軒幽狖雜百種愈瘴衣常腥膩蠻器多疎冗籍剝苔弔班林角飯餌沉冢愈忽爾銜遠命歸歟舞新寵郊鬼窟脫幽妖天居覿清栱愈京遊步方振讁夢意猶恟籍

詩書誇舊知酒食接新奉 愈 嘉言寫清越瘉病失肬腫 郊

夏陰偶高庇宵魄接虛擁 愈 雪紘寂寂聽茗盌纖纖捧 郊

馳輝燭浮螢幽響泄潜蛬 愈 詩老獨何心江疾有餘瘇 郊

我家本瀍穀有地介皐鞏 休跡憶沉冥峨冠慙闒[illegible] 愈

升朝高轡逸振物羣聽悚 徒言濯幽泌誰與薙荒茸 籍

朝紳鬱青綠馬飾曜珪珙 國讎未銷鑠我志蕩邛隴 郊

君才誠倜儻時論方洶溶 格言多彪蔚懸解無梏拲

張生得淵源寒色拔山冢 堅如撞羣金眇若抽獨蛹 愈

伊余何所擬跛鼇詎能踊 塊然墮岳石飄爾胥巢氄 郊

龍旆垂天衛雲韶凝禁甬 君胡眠安然朝鼓聲洶洶 愈

闘雞聯句一首

大雞昂然來小雞竦而待愈崢嶸顛盛氣洗刷凝鮮彩郊
高行若矜豪側睨如伺殆愈精光目相射劒戟心獨在郊
既取冠爲冑復以距爲鐓　天時得清寒地利挾爽塏愈
磔毛各噤痒怒癭爭碨磊　俄膺忽爾低植立瞥而改郊
腷膊戰聲喧繽翻落羽皠　中休事未決小挫勢益倍愈
妬腹務生敵賊性專相醢　裂血失鳴聲啄殷甚飢餒郊
對起何急驚隨旋誠巧紿　毒手飽李陽神槌困朱亥愈
惻心我以仁碎首爾何罪　獨勝事有然旁驚汗流浼郊
知雄欣動顏怯負愁看賄　爭觀雲填道助叫波翻海愈
事爪深難解嗔睛時未怠　一噴一醒然再接再礪乃郊
頭垂碎丹砂翼搨拖錦綵　連軒尚賈餘清厲比歸凱愈

選俊感收毛受恩慙始隗　英心甘鬬死義肉恥庖宰
君看鬬雞篇短韻有可採郊

納涼聯句一首

遞嘯取遙風微微近秋朔郊　金柔氣尚低火老候愈濁愈
熙熙炎光流竦竦高雲擢愈　閃紅驚蚴虬凝赤聳山岳
目林恐焚燒耳井憶瀺灂　仰懼失交泰非時結冰雹
化鄧渴且多奔河誠已慤　暍道者誰子叩商者何樂
洸矣得滂沱感然鳴鸑鷟　佳願苟未從前心空緬邈
清砌千迴坐冷環再三握　煩懷却星星高意還卓卓郊
龍沈極煮鱗牛喘甚焚角　蟬煩鳴轉喝烏躁飢不啄
晝蠅食案繁宵蚋肌血渥　單絺厭已褫長箑倦還捉

幸玆得佳朋於此蔭華桷　青熒文簟施淡瀲甘瓜濯
大壁曠凝淨古畫奇駮犖　凄如淜寒門皓若攅玉璞
掃寬延鮮飈汲冷漬香穱　篚實摘林珍盤肴饋禽鷇
空堂喜淹留貧饌羞齷齪愈殷勤相勸勉左右加礱斲
賈勇發霜硎爭前曜氷槊　微然草根響先被詩情覺
感衰悲舊改工異逞新皃　誰言擯朋老猶自將心學
危譽不敢憑朽机懼傾撲　青雲路難近黃鶴足仍錠
未能飲淵泉立滯叫芳藥郊與子昔睽離嗟余苦屯剝
直道敗邪徑拙謀傷巧詠　炎湖度氛氳熱石行犖硞
痟飢夏尤甚瘧渴秋更數　君顏不可覿君手無由搦
今來沐新恩庶見返鴻朴　儒庠恣游息聖籍飽商搉

危行無低徊正言免咿喔 車馬獲同驅酒醪欣共歠
惟憂棄菅蒯敢望侍帷幄 此志且何如希君為追琢 愈

秋雨聯句一首

萬木聲號呼百川氣交會 郊 庭翻樹離合牖變景明藹 愈
溧瀉殊未終飛浮亦云泰 郊 牽懷到空山屬聽邇驚瀨 愈
簷垂白練直渠漲清湘大 郊 甘津澤祥禾伏潤肥荒艾 愈
主人吟有歡客子歌無奈 郊 侵陽日沈玄剥節風搜兌 愈
坱圠遊峽喧颼飀臥江汰 郊 微飄來枕前高灑自天外 愈
蛬穴何迫迮蟬枝掃鳴噦 郊 擾菊茂新芳逕蘭銷晚藹 愈
地鏡時昏曉池星競漂沛 郊 讙呶尋一聲灌注咽群籟 愈
儒宮煙火濕市舍煎熬忲 郊 臥冷空避門衣寒屢循帶 愈

水怒已倒流陰繁恐凝害郊憂魚思舟檝感禹勤畎澮愈
懷襄信不思疏決須有賴郊筮命或馮蓍卜晴將問蔡愈
庭商忽驚舞墉禜亦親酹郊氛醨稍疏映雺亂還擁薈
陰旌時摎流帝鼓鎮訇磕　棗圃落青璣瓜畦爛文貝
貧薪不燭竈富粟空塡廥愈秦俗動言利魯儒欲何丐
深路倒羸驂弱途擁行軑　毛羽皆遭凍離褷不能翽
翻浪洗虛空傾濤敗藏蓋郊吾人猶在陳僮僕誠自鄶
因思征蜀士未免濕戎旆　安得發商飆廓然吹宿靄
白日懸大野幽泥化輕壒　戰場暫一乾賊肉行可膾愈
搜心思有效抽築期稱最　豈惟慮收穫亦已救顚沛郊
禽情初嘯儔礎色微收霈　庶幾諧我願遂止無已太愈

征蜀聯句

日王忿違慠有命事誅捘　蜀險豁關防秦師縱橫猾愈
風旗帀地揚雷鼓轟天殺　竹兵彼皴脆鐵刃我鎗鑯郊
刑神咤犛旌陰燄颭犀札　飜霓紛偃蹇塞野澒坱圠愈
生獰競掣跌癡突爭塡軋　渴鬬信䫋呶噉奸何噢喟郊
更呼相簸蕩交斫雙鈌齾　火發激鋩腥血漂騰足滑愈
飛猱無整陣翩鶻有邪戛　江倒沸鯨鯤山搖潰貙獌郊
中離分二三外變迷七八　逆頸盡徽索仇頭恣髡鬜
怒鬚猶鬡鬤斷臂仍𪐛瓡愈　石潛設奇伏穴覷騁精察
中矢類妖㺔跳鋒狀驚豽　蹋飜聚林嶺斗起成埃圿郊
旆亡多空杠軸折鮮聯轄　劉膚浹瘡痍敗面碎剠剳

渾奔肆狂勷捷窟脫趫黠　岩鉤踔狙猿水漉雜鱣螖
投奇閙碻礐填隍㑊傄儹愈　強睛死不閉獷眼困逾耻
爇堞熇歊熺抉門呀拗闓　天刀封未坼酋膽懾前揠
跧梁排郁縮闖竇揳窋窡　迫脅聞雜驅咿呦呌寃趴郊
窮區指清夷兇部坐雕鎩　邛文裁斐亹巴豔收婠妠
椎肥牛呼牟載實駝鳴圖　聖靈閔頑嚚燾養均草蔡
下書遏雄虓解罪弔攣瞎愈　戰恤時銷洗劍霜夜清刮
漢棧罷囂闐獠江息澎汃　戍寒絕朝乘刀暗歇宵詧
始去杏飛蜂及歸柳嘶蛰　廟獻繁馘汲樂聲洞椌楬郊
臺圖煥丹玄郊告儼䵼稭　念齒慰黴黧視傷悼癓疪
休輸任訛寑報力厚麩秳　公歡鍾晨撞室宴絲暁扴

杯盂酬酒醪箱篋饋巾帨 小臣昧戎經維用贊勳劼愈

同宿聯句

自從別君來遠出遭巧譖愈 斑斑落春淚浩浩浮秋浸郊
毛奇覩象犀羽怪見鵬鴳愈 朝行多危棧夜卧饒驚挑郊
生榮今分踰死棄昔情任愈 鵷行參綺陌雞唱聞清禁郊
山晴指高標槐密鶩長蔭愈 直辭一以薦巧舌千皆䑙郊
匡鼎惟說詩桓譚不讀讖愈 逸韻何嘈噭高名俟沽賃郊
紛葩歡屢填曠朗憂早滲愈 爲君開酒腸顛倒舞相飲郊
曦光霽曙物景曜鑠宵祲愈 儒門雖大啓奸首不敢闖
義泉雖至近盜索不敢沁 清琴試一揮白鶴叫相喑
欲知心同樂雙繭抽作紝郊

莎栅聯句

冰溪時咽絶風櫪方軒舉愈此處不斷腸定知無斷處郊

雨中寄孟刑部幾道聯句

秋潦淹轍跡高居限參拜愈耿耿蓄良思遥遥仰嘉話郊
一晨長隔歲百步遠殊界愈商聽饒清聳悶懷空抑噫郊
美君知道腴逸步謝天械愈吟馨鑠紛雜抱照瑩疑怪郊
撞宏聲不掉輸邈瀾逾殺愈簷瀉碎江喧街流淺溪邁郊
念初相遭逢幸免因媒介　袪煩類決癰愜興劇爬疥
研文較幽玄呼慱騁雄快　今君軺方馳伊我羽已鎩
温存感深惠琢切奉明誡愈　迨兹更凝情暫阻若嬰瘵
欲知相從盡靈珀拾纖芥　欲知相益多神藥銷宿憊

德符仙山岸永立難欹壞　氣涵秋天河有則無驚湃郊

祥鳳遺蒿鷃雲韶掩夷鞈　爭名求鵠徒騰口甚蟬喝

未來聲已赫始鼓敵前敗　鬭場再鳴先退路一飛届

東野繼奇躅脩綸懸衆犗　穿空細丘垤照日陋菅蒯愈

小生何足道積慎如觸蠆　愔愔抱所諾羃羃自伸戒

聖書空甚讀盜食敢求嘬　惟當騎款段豈望覲珪玠

弱操愧筠杉微芳比蕭薤　何以驗高明柔中有剛夬郊

遠遊聯句一首

別腸車輪轉一日一萬周郊　離思春冰泮瀾漫不可收愈

馳光忽以迫飛轡誰能留郊　取之詎灼灼此去信悠悠李翱

楚客宿江上夜魂棲浪頭　曉日生遠岸水芳綴孤舟

村飲泊好木野蔬拾新柔　獨含悽悽別中結鬱鬱愁
人意憶行樂鳥吟忻得儔 郊 靈瑟時窅窅霧猿夜啾啾
憤濤氣尚盛恨竹淚空幽　長懷絕無已多感良自尤
即路涉獻歲歸期眇涼秋　兩歡日牢落孤悲坐綢繆 愈
覿怪忽蕩漾叩奇獨冥搜　海鯨吞明月浪島沒大漚
我有一寸鉤欲釣千丈流　良知忽然遠壯志鬱無抽 郊
魍魅暫出沒蛟螭互蟠蟉　昌言拜舜禹舉颿凌斗牛
懷糈餽賢屈乘桴追聖丘　飄然天外步豈有區中囚 愈
楚些待誰弔賈辭緘恨投　翳明弗可曉祕蒐安所求
氣毒放逐域蓼雜芳菲疇　當春忽淒涼不枯亦颼飀
貉謠眾猥欵巴語相咿㘁　默誓去外俗嘉願還中州

江生行既樂躬輦自相勠飲醇趣明代味腥謝荒陬 郊
馳深鼓利檝趨險驚蜚輶繫石沉斬尚開弓射鵃吺
路暗執屏翳波驚戮陽侯廣泛信縹眇高行恣浮游
外患蕭蕭去中悒稍稍瘳振衣造雲闕跪坐陳清猷
德風變讒巧仁氣銷戈矛名聲照四海淑問無旹休
歸哉孟夫子君歸無夷猶 愈

晚秋郾城夜會聯句一首

從軍古云樂談笑青油幕燈明夜觀碁月暗秋城柝 正封上中丞
羇客方寂歷驚烏時落泊語闌壯氣衰酒醒寒砧作 愈奉院長
遇主貴陳力夷凶匪兼弱百牢犒輿師千戶購首惡 正封
平生恥論兵末暮不輕諾徒然感恩義誰復論勳爵 愈

多士被沾汚小夷施毒螫何當鑄劒戟相與歸臺閣 正封

室婦歎鳴鸛家人祝喜鵲終朝考蓍龜何日親烝礿 愈

閒使斷津梁潛軍索林薄紅塵羽書靖大水沙囊涸 正封

銘山子所工插羽余何怍未足煩刀俎祗應輸管鑰 愈

雨矢逐天狼電矛驅海若靈誅固無縱力戰誰敢卻 正封

峨峨雲梯翔赫赫火箭著連空隳雉堞照夜焚城郭 愈

軍門宣一令廟筭建三略雷鼓揭千槍浮橋交萬筰 正封

蹂野馬雲騰映原旗火鑠疲氓墜將拯殘虜狂可縛 愈

摧鋒若貙兕超乘如猱玃逢掖服翻慙縵胡纓可愕 正封

星殞聞雊雉師興隨唳鶴虎豹貪犬羊鷹鸇憎鳥雀 愈

燒陂除積聚灌壘失依託憑軾諭昏迷執殳征暴虐 正封

倉空戰卒飢月黑探兵錯凶徒更蹈藉逆族相啗嚼　愈

舳艫亘淮泗旆旌連夏鄂大野縱氐羌長河浴騶駱　正封

東西競角逐遠近施矰繳人怨童聚謡天殃鬼行瘧　愈

漢刑支郡黜周制閑田削侯社退無功鬼薪懲不恪　正封

余雖司斧鑕情本尚丘壑且待獻俘囚終當返耕穫　愈

藁街陳鈇鉞桃塞興錢鎛地理畫封疆天文掃寥廓　正封

天子閔瘡痍將軍禁鹵掠策勳封龍頟歸騎獵麟脚　愈

詰誅敬王怒給復哀人瘼澤髮解兜牟酡顏傾鑿落　正封

安存惟恐晚洗雪不論昨暮鳥已安巢春蠶看滿箔　愈

聲明動朝闕光寵耀京洛旁午降絲綸中堅擁鼓鐸　正封

密坐列珠翠高門塗粉雘跋朝賀書飛塞路歸鞍躍　愈

魏闕橫雲漢秦關束巖粤拜迎羅櫜鞬問遺結囊橐 正封
江淮永清晏宇宙重開拓是日號昇平此年名作噩 愈
洪赦方下究武飆亦旁魄南據定蠻陬北攫空朔漠 正封
儒生怯教化武士猛刺斫吾相兩優游他人雙落莫 愈
印從負鼎佩門為登壇鑿再入更顯嚴九遷彌謇諤 正封
賓筵盡狐趙導騎多衛霍國史擅芬芳宮娃分綽約 愈
冊掖列鵷鷺洪鑪衣狐狢擒文揮月毫講劒淬霜鍔 正封
命衣備藻火賜樂兼拊搏兩廂鋪氍毹五鼎調勺藥 愈
帶垂蒼玉珮轡蹙黃金絡誘接謂登龍趨馳狀傾藿 正封
青娥翳長袖紅頰吹鳴籥儻不忍辛勤何由恣歡謔 愈
惟當早貴富豈得躉寂寞但擲雇笑金仍祈却老藥 正封

殁廟配鐏斝生堂合蘩鎛安行庇松篁高卧枕莞蒻愈

洗沐恣蘭芷割烹厭腪膢喜顏非忸怩達志無隕穫正封

詼諧酒席展慷慨戎裝著斬馬祭旄纛炰羔禮芷蟜愈

山多離隱豹野有求伸蠖推選閱羣材薦延搜一鶚正封

左右供諂詟親交獻諛噱名聲載揄揚權勢實熏灼愈

道舊生感激當歌發酬酢羣孫輕綺紈下客豐醴酪正封

窮天貢賝異市海賜酺醵作樂鼓還槌從禽弓始彍愈

取歡移日飲求勝通宵博五白氣爭呼六奇心運度正封

恩澤誠布濩嚚頑已簫勺告成上云亭考古垂矩矱愈

前堂清夜吹東第良晨酌池蓮折秋房院竹翻夏籜正封

五狩朝恒岱三畋宿楊柞農書乍討論馬法長懸格愈

雪下牧新息陽生過京索爾牛時寢訛我僕或歌号正封
帝載彌天地臣辭劣螢爝爲詩安能詳庶用等糟粕愈

昌黎先生集卷第八

昌黎先生集卷第九

律詩凡八十五首

題楚昭王廟

丘墳滿目衣冠盡城闕連雲草樹荒猶有國人懷舊德一間茅屋祭昭王

宿龍宮灘

浩浩復湯湯灘聲抑更揚奔流疑激電驚浪似浮霜夢覺燈生暈宵殘雨送涼如何連曉語一半是思鄉

叉魚招張功曹

叉魚春岸闊此興在中宵大炬然如晝長船縛似橋深窺沙可數靜撈水無搖刃下那能脫波間或自跳

中鱗憐錦碎當目訝珠銷迷火逃翻近驚人去暫遙競多心轉細得雋語時囂潭罄知存寡船平覺獲饒交頭疑湊餌騈首類同條濡沫情雖密登門事已遼盈車欺故事飼犬驗今朝血浪凝猶沸腥風遠更飄蓋江煙羃羃拂棹影寥寥獺去愁無食龍移懼見燒如棠名既誤釣渭日徒消文客驚先賦篇工喜盡謠膾成思我友觀樂憶吾僚自可捐憂累何須強問鴞

李員外寄紙筆

題是臨池後分從起草餘兔尖針莫並繭淨雪難如莫怪殷勤謝虞卿正著書

次同冠峽

今日是何朝天晴物色饒落英千尺墮遊絲百丈飄

泄乳交䕺脉懸流揭浪標無心思嶺北猿鳥莫相撩

答張十一功曹

山淨江空水見沙哀猿啼處兩三家篔簹競長纖纖

筍躑躅閑開豔豔花未報恩波知死所莫令炎瘴送

生涯吟君詩罷看雙鬢斗覺霜毛一半加

郴州祈雨

乞雨女郎魂炰羞潔且繁廟開鼯鼠叫神降越巫言

旱氣期銷蕩陰官想駿奔行看五馬入蕭颯巳隨軒

湘中酬張十一功曹

休垂絶徼千行淚共泛清湘一葉舟今日嶺猿兼越

鳥可憐同聽不知愁

郴口又贈二首

山作劍攢江寫鏡扁舟斗轉疾於飛迴頭笑向張公子終日思歸此日歸

雪颭霜翻看不分雷驚電激語難聞沿涯宛轉到深處何限青天無片雲

題木居士二首

火透波穿不計春根如頭面榦如身偶然題作木居士便有無窮求福人

爲神詎比溝中斷遇賞還同爨下餘朽蠹不勝刀鋸力匠人雖巧欲何如

晩泊江口

郡城朝解纜江岸暮依村二女竹上淚孤臣水底寃雙雙歸蟄鷰一一叫羣猿迴首那聞語空看別袖翻

湘中

猿愁魚踊水翻波自古流傳是汨羅蘋藻滿盤無處奠空聞漁父叩舷歌

別盈上人

山僧愛山出無期俗士牽俗來何時祝融峯下一迴首即是此生長別離

喜雪獻裴尚書

宿雲寒不卷春雪墮如𦋺騁巧先投隙潜光半入池

喜深將策試驚密仰簷窺自下何曾汙增高未覺危
比心明可燭拂面愛還吹妬舞時飄袖欺梅併壓枝
地空迷界限砌滿接高卑浩蕩乾坤合霏微物象移
爲祥矜大熟布澤荷平施已分年華晚猶憐曙色隨
氣嚴當酒換灑急聽窻知照曜臨初日玲瓏滴晚澌
聚庭看嶽聳掃路見雲披陣勢魚麗遠書文鳥篆奇
縱歡羅豔黠列賀擁熊螭履弊行偏冷門扃臥更羸
悲嘶聞病馬浪走信嬌兒竈靜愁煙絶絲繁念鬢衰
擬鹽吟舊句授簡慕前規捧贈同燕石多慚失所宜

春雪

看雪乘清旦無人坐獨謠拂花輕尚起落地暖初銷

已訝凌歌扇還來伴舞筵（扉？）灑篁留密節著柳送長條
入鏡鸞窺沼行天馬度橋徧階憐可掬滿樹戲成搖
江浪迎濤日風毛縱獵朝弄閑時細轉爭急忽驚飄
城險疑懸布砧寒未擣綃莫愁陰景促夜色自相饒

聞梨花發贈劉師命

桃蹊惆悵不能過紅豔紛紛落地多聞道郭西千樹
雪欲將君去醉如何

春雪閒早梅

梅將雪共春彩豔不相因逐吹能爭密排枝巧妬新
誰令香滿座獨使淨無塵芳意饒呈瑞寒光助照人
玲瓏開已徧點綴坐來頻那是俱疑似須知兩逼眞

熒煌初亂眼浩蕩忽迷神未許瓊華比從將玉樹親
先期迎獻歲更伴占茲辰願得長輝映輕微敢自珍

早春雪中聞鶯

朝鶯雪裏新雪樹眼前春帶澁先迎氣侵寒已報人
共矜初聽早誰貴後聞頻暫囀那成曲孤鳴豈及辰
風霜徒自保桃李詎相親寄謝幽棲友辛勤不爲身

梨花下贈劉師命

洛陽城外清明節百花寥落梨花發今日相逢瘴海
頭共驚爛漫開正月

和歸工部送僧約

早知皆是自拘囚不學因循到白頭汝既出家還擾

擾何人更得死前休

入關詠馬

歲老豈能充上駟力微當自慎前程不知何故翻驤首牽過關門妄一鳴

木芙蓉

新開寒路叢遠比水閑紅豔色寧相妬嘉名偶自同採江秋節晩搴木古辭空顧得勤來看無令便逐風

題張十一旅舍三詠

榴花

五月榴花照眼明枝間時見子初成可憐此地無車馬顛倒青苔落絳英

井

賈誼宅中今始見葛洪山下昔曾窺寒泉百尺空看影正是行人渴死時

蒲萄

新莖未徧半猶枯高架支離倒復扶若欲滿盤堆馬乳莫辭添竹引龍鬚

峽石西泉

居然鱗介不能容石眼環環水一鍾聞說旱時求得雨祗疑科斗是蛟龍

梁國惠康公主挽歌二首

定諡芳聲遠移封大國新巽宮尊長女台室屬良人

河漢重泉夜梧桐半樹春龍轜非厭翟還輾禁城塵
秦地吹簫女湘波鼓瑟妃佩蘭初應夢奔月竟淪輝
夫族迎魂去宮官會葬歸從今沁園草無復更芳菲

和崔舍人詠月二十韻

三秋端正月今夜出東溟對日猶分勢騰天漸吐靈
未高烝遠氣半上霽孤形赫奕當躔次虚徐度杳冥
長河晴散霧列宿曙分螢浩蕩英華溢蕭疎物象泠
池邊臨倒照簷際送横經花樹參差見皐禽斷續聆
牖光窺寂寞砧影伴娉婷幽坐看侵戶閑吟愛滿庭
輝斜通壁練彩碎射沙星清潔雲間路空涼水上亭
淨堪分顧兔細得數飄萍山翠相凝緑林煙共冪青

過隅驚桂側當午覺輪停屬思摛霞錦追歡罄縹瓶
郡樓何處望隴笛此時聽右掖連台座重門限禁扃
風臺觀滉瀁冰砌步青熒獨有虞庠客無由拾落蓂

詠雪贈張籍

只見縱橫落寧知遠近來飄颻還自弄歷亂竟誰催
座暖銷那怪池清失可猜坳中初蓋底垤處遂成堆
慢有先居後輕多去却迴度前鋪瓦隴發本積牆隈
穿細時雙透乘危忽半摧舞深逢坎井集早值層臺
砧練終宜擣階紈未暇裁城寒裝睥睨樹凍裹莓苔
片片匀如翦紛紛碎若挼定非燖鵠鷺真是屑瓊瑰
緯繣觀朝萼冥茫矚晚埃當窻恒凜凜出户即皚皚

壓野榮芝菌傾都委貨財娥嬉華蕩瀁胥怒浪崔嵬
磧迴疑浮地雲平想輾雷隨車翻縞帶逐馬散銀盃
萬屋漫汗合千株照曜開松篁遭挫抑糞壤獲饒培
隔絶門庭遽擠排陛級纔豈堪裨岳鎮強欲効鹽梅
隱匿瑕疵盡包羅委瑣該誤雞宵呃喔驚雀暗徘徊
浩浩過三暮悠悠帀九垓鯨鯢陸死骨玉石火炎灰
厚慮塡溟壑高愁撥斗魁日輪埋欲側坤軸壓將頽
岸類長蛇攪陵猶巨象豗水官夸傑黠木氣怯胚胎
著地無由卷連天不易推龍魚冷蟄苦虎豹餓號哀
巧借奢豪便專繩困約災威貪陵布被光肯離金罍
賞玩損他事歌謠放我才狂教詩硉矹興與酒陪鰓

惟子能諳耳諸人得語哉助留風作黨勸坐火爲媒
雕刻文刀利搜求智網恢莫頫相屬和傳示及提孩

酬王二十舍人雪中見寄

三日柴門擁不開階平庭蒲白皚皚今朝蹋作瓊瑤
跡爲有詩從鳳沼來

送侯喜

已作龍鍾後時者懶於街裏蹋塵埃如今便別官長
去直到新年衙日來

學諸進士作精衞銜石填海

鳥有償寃者終年抱寸誠口銜山石細心望海波平
渺渺功難見區區命已輕人皆譏造次我獨賞專精

豈計休無日惟應盡此生何慙刺客傳不著報讎名

奉酬振武胡十二丈大夫

傾朝共羨寵光頻半歳遷騰作虎臣戎旆暫停辭社樹里門先下敬鄉人橫飛玉盞家山曉遠蹀金珂塞草春自笑平生誇膽氣不離文字鬢毛新

奉和庫部盧四兄曹長元日朝迴

天仗宵嚴建羽旄春雲送色曉雞號金爐香動螭頭暗玉佩聲來雉尾高戎服上趨承北極儒冠列侍映東曹太平時節難身遇郎署何須歎二毛

寒食直歸遇雨

寒食時看度春遊事已違風光連日直陰雨半朝歸

不見紅毬上那論綵索飛惟將新賜火向曙著朝衣

送李六協律歸荆南

早日羇遊所春風送客歸柳花還漠漠江鷺正飛飛

歌舞知誰在賓僚逐使非宋亭池水緑莫忘蹋芳菲

題百葉桃花

百葉雙桃晩更紅歸窻映竹見玲瓏應知侍史歸天

上故伴仙郎宿禁中

春雪

新年都未有芳華二月初驚見草芽白雪却嫌春色

晩故穿庭樹作飛花

戲題牡丹

幸自同開俱隱約何須相倚鬪輕盈凌晨併作新粧
面對客偏含不語情雙鷺無機還拂掠游蜂多思近
經營長年是事皆拋盡今日欄邊暫眼明

盆池五首

老翁眞箇似童兒汲井埋盆作小池一夜青蛙鳴到
曉恰如方口釣魚時
莫道盆池作不成藕梢初種已齊生從今有雨君須
記來聽蕭蕭打葉聲
瓦沼晨朝水自清小蟲無數不知名忽然分散無蹤
影爲有魚兒作隊行
泥盆淺小詎成池夜半青蛙聖得知一聽暗來將伴

侶不煩鳴㖒鬭雄雌
池光天影共青青拍岸纔添水數瓶且待夜深明月
去試看涵泳幾多星

芍藥

浩態狂香昔未逢紅燈爍爍緑盤龍覺來獨對情驚
恐身在仙宮第幾重

奉和虢州劉給事使君三堂新題二十一詠　并序

虢州刺史宅連水池竹林往往爲亭臺島渚目其處
爲三堂劉兄自給事中出刺此州在任逾歲職修人
治州中稱無事頗復增飾從子弟而遊其閒又作二
十一詩以詠其事流行京師文士爭和之余與劉善

故亦同作

新亭

湖上新亭好公來日出初水文浮枕簟瓦影蔭龜魚

流水

汩汩幾時休從春復到秋只言池未滿池滿強交流

竹洞

竹洞何年有公初斫竹開洞門無鎖鑰俗客不曾來

月臺

南館城陰闊東湖水氣多直須臺上看始奈月明何

渚亭

自有人知處那無步往蹤莫教安四壁面面看芙蓉

竹溪

藹藹溪流慢梢梢岸篠長穿沙碧簳淨落水紫苞香

北湖

聞說遊湖棹尋常到此迴應留醒心處準擬醉時來

花島

蜂蝶去紛紛香風隔岸聞欲知花島處水上覓紅雲

柳溪

柳樹誰人種行行夾岸高莫將條繫纜著處有蟬號

西山

新月迎宵挂晴雲到晚留為遮西望眼終是懶迴頭

竹逕

無塵從不掃有鳥莫令彈若要添風月應除數百竿

荷池

風雨秋池上高荷蓋水繁未諳鳴摵摵那似卷翻翻

稻畦

罫布畦堪數枝分水莫尋魚肥知已秀鶴没覺初深

柳巷

柳巷還飛絮春餘幾許時吏人休報事公作送春詩

花源

源上花初發公應日日來丁寧紅與紫愼莫一時開

北樓

郡樓乘曉上盡日不能迴晩色將秋至長風送月來

鏡潭

非鑄復非鎔泓澄忽此逢魚鰕不用避只是照蛟龍

孤嶼

朝遊孤嶼南暮戲孤嶼北所以孤嶼鳥與公盡相識

方橋

非閣復非船可居兼可過君欲問方橋方橋如此作

梯橋

乍似上青冥初疑躡菡萏自無飛仙骨欲度何由敢

月池

寒池月下明新月池邊曲若不妬清妍却成相映燭

遊城南十六首

賽神

白布長衫紫領巾差科未動是閑人麥苗含穟桑生椹共向田頭樂社神

題于賓客莊

榆莢車前蓋地皮薔薇蘸水筍穿籬馬蹄無入朱門跡縱使春歸可得知

晚春

草樹知春不久歸百般紅紫鬭芳菲楊花榆莢無才思惟解漫天作雪飛

落花

已分將身著地飛那羞踐踏損光暉無端又被春風

誤吹落西家不得歸

楸樹二首

幾歲生成爲大樹一朝纏繞困長藤誰人與脫青羅帔看吐高花萬萬層

幸自枝條能樹立可煩蘿蔓作交加傍人不解尋根本却道新花勝舊花

風折花枝

浮豔侵天難就看清香撲地只遥聞春風也是多情思故揀繁枝折贈君

贈同遊

喚起窻全曙催歸日未西無心花裏鳥更與盡情啼

贈張十八助教

喜君眸子重清朗攜手城南歷舊遊忽見孟生題竹處相看淚落不能收

題韋氏莊

昔者誰能比今來事不同寂寥青草曲散漫白榆風架倒藤全落籬崩竹半空寧須惆悵立翻覆本無窮

晚雨

晚雨廉纖不能晴池岸草閒蚯蚓鳴投竿跨馬蹋歸路纔到城門打鼓聲

出城

暫出城門蹋青草遠於林下見春山應須韋杜家家

到只有今朝一日閑

把酒

擾擾馳名者誰能一日閑我來無伴侶把酒對南山

嘲少年

直把春償酒都將命乞花只知閑信馬不覺誤隨車

楸樹

青幢紫蓋立童童細雨浮煙作綵籠不得畫師來貌

取定知難見一生中

遣興

斷送一生惟有酒尋思百計不如閑莫憂世事兼身

事須著人閑比夢閑

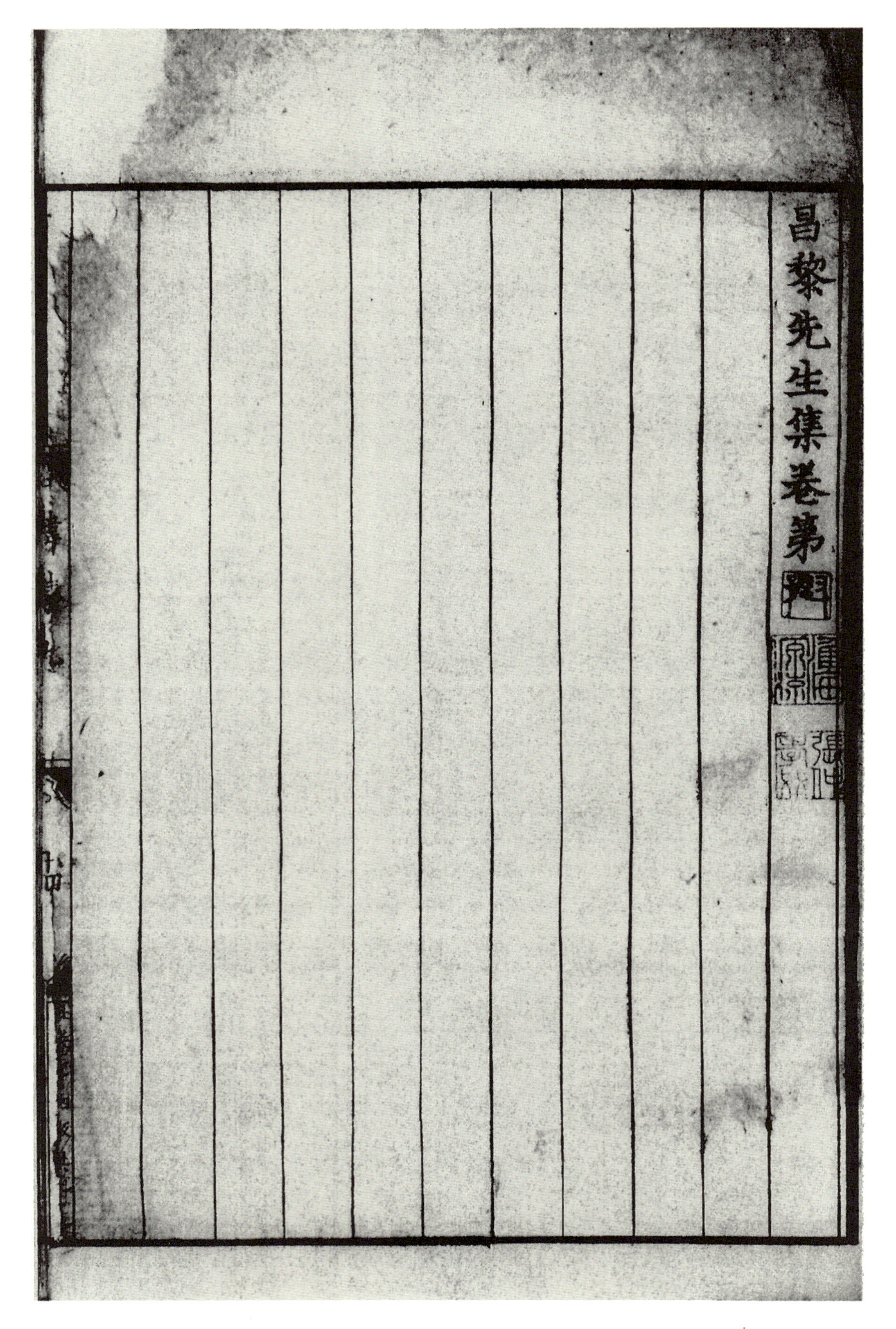
昌黎先生集卷第

昌黎先生集卷第十

律詩凡八十首

送李尚書赴襄陽八韻

帝憂南國切改命付忠良壤畫星搖動旗分獸簸揚
五營兵轉肅千里地還方控帶荊門遠飄浮漢水長
賜書寬屬郡戰馬隔鄰疆縱獵雷霆迅觀棊玉石忙
風流峴首客花豔大堤倡富貴由身致誰教不自強

和席八十二韻

絳闕銀河曙東風右掖春官隨名共美花與思俱新
綺陌朝遊間綾衾夜直頻橫門開日月高閣切星辰
庭變寒前草天銷霽後塵溝聲通苑急柳色壓城勻

綸綍謀猷盛丹青步武親芳菲含斧藻光景暢形神
傍砌看紅藥巡池詠白蘋多情懷酒伴餘事作詩人
倚玉難藏拙吹竽久混真坐慙空自老江海未還身

和武相公早春聞鶯

早晚飛來入錦城誰人教解百般鳴春風紅樹驚眠
處似妬歌童作豔聲

太安池闕

遊太平公主山莊

公主當年欲占春故將臺榭押城闉欲知前面花多
少直到南山不屬人

晚春

誰收春色歸將去慢緑夭紅半不存榆莢只能隨柳絮等閑撩亂走空園

大行皇太后挽歌詞三首

一紀尊名正三時孝養榮高居朝聖主厚德載羣生武帳虛中禁玄堂掩太平秋天笳鼓歇松栢徧山鳴

威儀備吉凶文物雜軍容配地行新祭因山託故封鳳飛終不返劒化會相從無復臨長樂空聞報曉鐘

追攀萬國來警衛百神陪畫翣登秋殿容衣入夜臺雲隨仙馭遠風動聖情哀只有朝陵日妝奩一暫開

廣宣上人頻見過

三百六旬長擾擾不衝風雨即塵埃久爲朝士無裨

補空愧高僧數往來學道窮年何所得吟詩竟日未能迴天寒古寺遊人少紅葉窻前有幾堆

閑遊二首

雨後來更好繞池徧青青柳花閑度竹菱葉故穿萍獨坐殊未厭孤斟詎能醒持竿至日暮幽詠欲誰聽

兹遊苦不數再到遂經旬萍蓋汙池淨藤籠老樹新林烏鳴訝客岸竹長遮鄰子雲秖自守奚事九衢塵

酬馬侍郎寄酒

一壺情所寄四句意能多秋到無詩酒其如月色何

和侯協律詠筍

竹亭人不到新筍滿前軒乍出眞堪賞初多未覺煩

成行齊婢僕環立比兒孫驗長常攜尺愁乾屢側盆
對吟忘膳飲偶坐變朝昏滯雨膏腴濕驕陽氣候溫
得時方張王挾勢欲騰騫見角牛羊沒看皮虎豹存
攢生猶有隙散布忽無垠詎可持籌算誰能以理言
縱横公占地羅列暗連根狂劇時穿壁羣強幾觸藩
深潛如避世遠去若追奔始訝妨人路還驚入藥園
萌芽防寖大覆載莫偏恩已復侵危砌非徒出短垣
身寧虞瓦礫計擬揜蘭蓀且歎高無數庸知上幾番
短長終不校先後竟誰論外恨苞藏密中仍節目繁
暫須迴步履要取助盤飧穰穰疑翻地森森競塞門
戈矛頭戢戢蛇虺首掀掀婦懦咨料揀兒癡謁盡髡

侯生來慰我詩句讀驚魂屬和才將竭呻吟至日曛

過鴻溝

龍疲虎困割川原億萬蒼生性命存誰勸君王迴馬首眞成一擲賭乾坤

送張侍郎

司徒東鎭馳書謁丞相西來走馬迎兩府元臣今轉密一方逋寇不難平

贈刑部馬侍郎

紅旗照海壓南荒徵入中臺作侍郎暫從相公平小寇便歸天闕致時康

奉和裴相公東征途經女几山下作

旗穿曉日紅霞集山倚秋空劒戟明敢請相公平賊後暫攜諸吏上崢嶸

鄆城晚飲奉贈副使馬侍郎及馮李二員外

城上赤雲呈勝氣眉閒黄色見歸期幕中無事惟須飲即是連鑣向闕時

酬別留後侍郎

爲文無出相如右謀帥難居郤縠先歸去雪銷溱洧動西來旌斾拂晴天

同李二十八夜次襄城

周楚仍連接川原乍屈盤雲垂天不暖塵漲雪猶乾印綬歸台室旌旗別將壇欲知迎候盛騎火萬星攢

同李二十八員外從裴相公野宿西界

四面星辰著地明散燒煙火宿天兵不關破賊須歸奏自趁新年賀太平

過襄城

郾城辭罷過襄城潁水嵩山刮眼明已去蔡州三百里家人不用遠來迎

宿神龜招李二十八馮十七

荒山野水照斜暉啄雪寒鴟趁始飛夜宿驛亭愁不睡幸來相就蓋征衣

次硤石

數日方離雪今朝又出山試憑高處望隱約見潼關

和李司勳過連昌宮

夾道疎槐出老根高甍巨桷壓山原宮前遺老來相問今是開元幾葉孫

次潼關先寄張十二閣老使君

荊山已去華山來日出潼關四扇開刺史莫辭迎候遠相公親破蔡州迴

次潼關上都統相公

暫辭堂印執兵權盡管諸軍破賊年冠蓋相望催入相待將功德格皇天

桃林夜賀晉公

西來騎火照山紅夜宿桃林臘月中手把命珪兼相

印一時重疊賞元功

送李貟外院長分司東都

去年秋露下羈旅逐東征今歲春光動驅馳別上京飮中相顧色送後獨歸情兩地無千里因風數寄聲

晉公破賊回重拜台司以詩示幕中賓客愈奉和

南伐旋師太華東天書夜到冊元功將軍舊壓三司貴相國新兼五等崇鵷鷺欲歸仙仗裏熊羆還入禁營中長慙典午非材職得就閑官即至公

獨釣四首

侯家林館勝偶入得垂竿曲樹行藤角平池散芡盤

羽沈知食駛緡細覺牽難聊取夸兒女揄條繋從鞍

一逕向池斜池塘野草花雨多添柳耳水長減蒲芽

厭坐親刑柄偷來傍釣車太平公事少吏隱詎相賒

獨往南塘上秋晨景氣醒露排四岸草風約半池萍

鳥下見人寂魚來聞餌馨所嗟無可召不得倒吾缾

秋半百物變溪魚去不來風能坼芡觜露亦染梨顋

遠岫重疊出寒花散亂開所期終莫至日暮與誰迴

枯樹

老樹無枝葉風霜不復侵腹穿人可過皮剝蟻還尋

寄託惟朝菌依投絕暮禽猶堪持改火未肯但空心

元日酬蔡州馬十二尚書去年蔡州元日見

寄之什

元日新詩已去年蔡州遙寄荷相憐今朝縱有誰人領自是三峯不敢眠

詠燈花同侯十一

今夕知何夕花然錦帳中自能當雪暖那肯待春紅黃裏排金粟釵頭綴玉蟲更煩將喜事來報主人公

祖席　前字

祖席洛橋邊親交共黯然野晴山簇簇霜曉菊鮮鮮書寄相思處盃銜欲別前淮南知不薄終願早迴船

秋字

淮南悲木落而我亦傷秋況與故人別那堪羇宦愁

滎華今異路風雨苦同憂莫以宜春遠江山多勝遊

送鄭尚書赴南海

番禺軍府盛欲說暫停盃蓋海旂幢出連天觀閣開衙時龍户集上日馬人来風靜鶢鶋去官廉蚌蛤迴貨通師子國樂奏武王臺事事皆殊異無嫌屈大才

荅道士寄樹雞

軟濕青黄狀可猜欲烹還喚木盤迴煩君自入華陽洞直割乖龍左耳來

左遷至藍關示姪孫湘

一封朝奏九重天夕貶潮州路八千欲爲聖明除弊事豈於衰暮計殘年雲横秦嶺家何在雪擁藍關馬

不前知汝遠來應有意好收吾骨瘴江邊

武關西逢配流吐蕃

嗟爾戎人莫慘然湖南地近保生全我今罪重無歸望直去長安路八千

次鄧州界

潮陽南去倍長沙戀闕那堪又憶家心訝愁來惟貯火眼知別後自添花商顏暮雪逢人少鄧鄙春泥見驛賒早晚王師收海嶽普將雷雨發萌芽

題臨瀧寺

不覺離家已五千仍將衰病入瀧船潮陽未到吾能說海氣昏昏水拍天

晚次宣溪辱韶州張端公使君惠書叙別酬以

絶句二章

韶州南去接宣溪雲水蒼茫日向西客淚數行元自

落鷓鴣休傍耳邊啼

兼金那足比清文百首相隨愧使君倶是嶺南巡管

内莫欺荒僻斷知聞

題秀禪師房

橋夾水松行百步竹牀莞席到僧家暫拳一手支頭

卧還把漁竿下釣沙

將至韶州先寄張端公使君借圖經

曲江山水聞來久恐不知名訪倍難願借圖經將入

界毎逢佳處便開看

過始興江口感懷

憶作兒童隨伯氏南來今只一身存目前百口還相逐舊事無人可共論

韶州留別張端公使君

來往再逢梅柳新別離一醉綺羅春久欽江總文才妙自歎虞翻骨相屯鳴笛急吹爭落日清歌緩送欵行人已知奏課當徵拜那復淹留詠白蘋

量移袁州張韶州端公以詩相賀因酬之

明時遠逐事何如遇赦移官罪未除北望詎令隨塞鴈南遷纔免葬江魚將經貴郡煩留客先惠高文謝

起予暫欲繫船韶石下上賓虞舜整冠裾

次石頭驛寄江西王十中丞閣老

憑高迴馬首一望豫章城人由戀德泣馬亦別羣鳴寒日夕始照風江遠漸平默然都不語應識此時情

遊西林寺題蕭二兄郎中舊堂蕭兄有女出家

中郎有女能傳業伯道無兒可保家偶到匡山曾住處幾行衰淚落煙霞

自貶所蒙恩袁州除官還京行次安陸先寄隨州周員外

行行指漢東暫喜笑言同雨雪離江上蒹葭出夢中面猶含瘴色眼已見華風歲暮難相值酣歌未可終

題廣昌館

白水龍飛已幾春偶逢遺跡問耕人丘墳發掘當官路何處南陽有近親

寄隨州周員外

陸孟丘楊久作塵同時存者更誰人金丹別後知傳得乞取刀圭救病身

酒中留上襄陽李相公

濁水汙泥清路塵還曾同制掌絲綸眼穿長訝雙魚斷耳熱何辭數爵頻銀燭未銷窻送曙金釵半醉座添春知公不久歸鈞軸應許閑官寄病身

去歲自刑部侍郎以罪貶潮州刺史乘驛赴

任其後家亦譴逐小女道死殯之層峯驛旁

山下蒙恩還朝過其墓留題驛梁

數條藤束木皮棺草殯荒山白骨寒驚恐入心身已病扶舁沿路衆知難繞墳不暇號三帀設祭惟聞飯一盤致汝無辜由我罪百年慙痛淚闌干

賀張十八秘書得裴司空馬

司空遠寄養初成毛色桃花眼鏡明落日已曾交轡語春風還擬並鞍行長令奴僕知飢渴須著賢良待性情旦夕公歸伸拜謝免勞騎去逐雙旌

杏園送張徹侍御歸使

東風花樹下送爾出京城久抱傷春意新添惜別情

歸來身已病相見眼還明更遣將詩酒誰家逐後生

雨中寄張博士籍侯主簿喜

放朝還不報夜半蹋泥歸雨慣曾無節雷頻自失威見牆生菌徧憂麥作蛾飛歲晚偏蕭索誰當救晉饑

奉和兵部張侍郎酬鄆州馬尚書祗召途中見寄開緘之日馬已再領鄆州之作

來朝當路日承詔改轅時再領須句國仍遷少昊司暖風抽宿麥清雨卷歸旗賴寄新珠玉長吟慰我思

早春與張十八博士籍遊楊尚書林亭寄第三閣老兼呈白馮二閣老

牆下春渠入禁溝渠冰初破滿渠浮鳳池近日長先

暖流到池時更不流

奉使常山早次太原呈副使吳郎中

朗朗聞街鼓晨起似朝時翻翻走驛馬春盡是歸期

地失嘉禾處風存蟋蟀辭暮齒良多感無事涕垂頤

夕次壽陽驛題吳郎中詩後

風光欲動別長安春半邊城特地寒不見園花兼巷

柳馬頭惟有月團團

鎮州初歸

別來楊柳街頭樹擺弄春風只欲飛還有小園桃李

在留花不發待郎歸

同水部張員外曲江春遊寄白二十二舍人

漠漠輕陰晚自開青天白日映樓臺曲江水滿花千樹有底忙時不肯來

和水部張員外宣政衙賜百官櫻桃詩

漢家舊種明光殿炎帝還書本草經豈似滿朝承雨露共看傳賜出青冥香隨翠籠擎初到色映銀盤寫未停食罷自知無所報空然慙汗仰皇扃

早春呈水部張十八員外二首

天街小雨潤如酥草色遙看近却無最是一年春好處絶勝花柳滿皇都

莫道官忙身老大即無年少逐春心憑君先到江頭看柳色如今深未深

送桂州嚴大夫 同用南字

蒼蒼森八桂兹地在湘南江作青羅帶山如碧玉篸
戶多輸翠羽家自種黄甘遠勝登仙去飛鸞不假驂

奉酬天平馬十二僕射暇日言懷見寄之作

天平篇什外政事亦無雙威令加徐土儒風被魯邦
清爲公論重寬得士心降歲晏偏相憶長謡坐北窻

奉使鎭州行次承天行營奉酬裴司空相公

竄逐三年海上歸逢公復此著征衣旌旗吟佳句還鞭
馬恨不身先去鳥飛

鎭州路上謹酬裴司空相公重見寄

銜命山東撫亂師日馳三百自嫌遲風霜滿面無人

識何處如今更有詩

奉和僕射裴相公感恩言志

文武成功後居爲百辟師林園窮勝事鍾鼓樂清時擺落遺高論雕鐫出小詩自然無不可范蠡爾其誰

和僕射相公朝迴見寄

盡瘁年將久公今始暫閑事隨憂共減詩與酒俱還放意機衡外收身矢石閒秋臺風日迥正好看前山

奉和李相公題蕭家林亭

山公自是林園主歎惜前賢造作時巖洞幽深門盡鎖不因丞相幾人知

奉和杜相公太清宮紀事陳誠上李相公十

六韻

耒耜興姬國輴欙建夏家在功誠可尚於道詎爲華
象帝威容大仙宗寶曆賖衛門羅戟槊圖壁雜龍蛇
禮樂追尊盛乾坤降福遐四眞皆齒列二聖亦肩差
陽月時之首陰泉氣未牙殿階鋪水碧庭炬坼金葩
紫極觀忘倦青詞奏不譁噌吰宮夜闢嘈囐鼓晨撾
爇味陳奚取名香薦孔嘉垂祥紛可録俾壽浩無涯
貴相山瞻峻清文玉絶瑕代工聲問遠攝事敬恭加
皎潔當天月葳蕤捧日霞唱妍酬亦麗俛仰但稱嗟

昌黎先生集卷第十

解題

佐藤保

一

昌黎先生集　存十巻　四册

唐・韓愈撰　唐・李漢編　南宋・方崧卿校訂

【刊年】南宋・淳煕十六年（一一八九）

【刊行地】南安軍（江西省大余〈庾〉縣）

【寸法】二八・四センチ×二〇・四センチ

【序目】昌黎先生集序　門人李漢編（抄補）

【版式】左右雙邊（二三・五センチ×一六・三センチ）有界　毎半葉十一行毎行二十字　版心線黑口三黑魚尾または雙黑魚尾　版心上方に各葉の大小字數　版心下方に刻工名　巻末葉版心下方に葉數（版數）竝びに各巻字數の總計と刻工名を記す

【刻工等】

巻第一　第一葉から第五葉表まで抄補　抄補部分も含めて全巻雙黑魚尾　刻工は鄧鼎
　巻末第十七葉版心下「此巻十七版共計六／千七百單四字鄧鼎」と記す

巻第二　三黑魚尾　刻工は鄧俊・俊
　巻末第十六葉裏　半葉缺　版心下「此巻十六版共計六」左半行缺亡

巻第三　全巻（十葉）抄補　雙黑魚尾

巻第四　全巻（十四葉）抄補　雙黑魚尾

巻第五　全巻（十七葉）抄補　雙黑魚尾

巻第六　三黒魚尾　刻工は胡元
　巻末第九葉版心下「此巻九版共三千／二百八十八字胡元」
巻第七　三黒魚尾　刻工は劉臻・臻
　巻末第九葉版心下「此巻九版共三／千五百單二字」
巻第八　第八・第九葉抄補　全巻雙黒魚尾　刻工は蔡和・和
　巻末第十三葉版心下「此巻十三帋共計五阡六／百九十四字蔡和刋」
巻第九　此の巻、版心の痛み甚だし　三黒魚尾　刻工は寶
　巻末第十四葉裏　半葉缺　版心下「此巻十四版共□□」
巻第十　第一葉抄補　雙黒魚尾　第二葉以下　三黒魚尾　刻工は革
　巻末第十三葉版心下「此巻十三版共四／殘缺」

【藏書印】
張敦仁讀過　陽城張氏省訓堂經籍記　古餘珍藏子孫永寶　張仲孝□　枚庵流覽所及　薦粢葆采（種）兄弟之印
四麐仁季父印　淮海源流　景陽主人　歸安陸樹聲叔桐父印　眉山　毛晉　等

【宋諱】
玄・泫・炫・絃・舷・懸・朗・泓・紘・殷・匡・恇・胤・耿・恆・貞・偵・楨・赬・徵・懲・署・曙・樹・豎・讓・項・
煦・桓・完・構・媾・溝・遘・覯・購・姤・鉤・雊・彀・轂・轂・愼

二

本書は、南宋・方崧卿校訂の唐・韓愈の詩文集、『昌黎先生集』四十巻・『外集』一巻・『付錄』五巻・『增攷年譜』一巻のうち、『昌黎先生集』四十巻の殘十巻である。現在、日本・靜嘉堂文庫に藏する。

校訂者の方崧卿（一一三五〜九四）は、字は季申、莆田縣（福建省）の人。南宋・孝宗の隆興元年（一一六三）の進士。淳熙三年（一一七六）、信州上饒縣（江西省）の知縣となり、明州（浙江省鄞縣）通判に轉じた。その後、淳熙十二年（一一八五）無爲軍（安徽省無爲縣）の知事に任命されたものの、就任前に南安軍（江西省大余〈庾〉縣）知事に改任、同十六年（一一八九）まで在任して、紹熙元年（一一九〇）春、吉州（江西省吉安市）知州に轉任、翌年には廣東路提點刑獄、紹熙三年（一一九二）廣西轉運使判官、同四年（一一九三）京西轉運判官に累進して同五年（一一九四）三月二十五日、卒した。傳記資料として、宋・葉適『水心文集』巻十九「京西運判方公神道碑」、宋・周必大『周益國文忠公集』巻七十一「京西轉運判官方君崧卿墓誌銘」、清・陸心源『宋史翼』巻二十一「方崧卿」等がある。

方崧卿には、『昌黎先生集』とは一對になる『韓集擧正』十巻・『外集擧正』一巻・『韓集擧正敍錄』一巻があり、宋版の原刻本がいま日本・財團法人大倉文化財團（大倉集古館）に藏され、我が國の重要文化財に指定されている（古典研究會叢書第三期第三十九巻に收錄）。

方崧卿撰『韓集擧正』は、大倉集古館本の解題に記したように、方崧卿が「韓愈集の諸本を校合して『昌黎先生集』を作る際の諸本間の異同と校訂の結果をまとめたもの」で、巻末には「淳熙己酉二月朔日」の日付がある方崧卿自らの跋文を付す。淳熙己酉は孝宗の淳熙十六年（一一八九）に當たり、南安軍在任の最後の年である。

この方跋は、明らかに韓愈集の校訂作業と作業の具體的な根據を示すために擧正を作ることを述べたものであり、その點に異論の入る餘地はない。だが問題は、跋文冒頭の「右昌黎先生集四十巻云々」という書き出しから容易に理解できるように、この跋文は實はもと昌黎先生集のために書かれたものであって、それが『韓集擧正』の跋に流用されたと考えられることである。大倉集古館本『韓集擧正』の解題にもこの私の考えは記した。あらためて大倉集古館本の方跋を、前出の誤字等を一部修正しつつ、

ここに再掲しておきたい。

右昌黎先生集四十卷・外集一卷・附錄五卷・增攷年譜一卷。崧卿郡を嶺麓の間に試され①、日々課多きも、其の餘力もて斯(これ)に②從事するを獲(え)たり。常に韓氏の舊集の、世に已に傳はること罕(すくな)く、歳月既に久しくして、則ち散逸して殆ど盡きんとするを念じ、其の僅かに存する者を摭拾(せきしふ)し、稽(かんが)へて之を正し、以て舊觀に還さんとす、亦た古を討(たづ)ぬるの一助なり。第(た)だ惟(こ)れ識(しき)淺(あさ)く聞謏(ぶんすくな)く、管窺(かんき)自ら信ずるも、源流白(あき)らかにせずんば、何を以てか諸(これ)を人に傳へんや。因りて復た其の異同を次(なら)べ、其の訛舛の自(よ)るところを記して、擧正十卷を爲(つく)り、人人をして開卷自ら擇ぶ所を知らしめんとす。而して韓氏の義例も亦た粗(ほ)ぼ綱領中に見(あら)はる。噫(ああ)、一代の文宗、人口に膾炙し、相傳へて以て熟するも、其の訛を覺ること莫し。陋學の苦心、儻(も)し識者あらば其の遺謬を補へ。淳熙己酉二月朔日　莆田の方崧卿書す。

注①　郡を嶺麓の間に試され（試郡嶺麓間）……即ち南安軍の知事として勤めていたこと。

注②　斯……昌黎先生集四十卷などの韓愈集の校訂作業。

思うに、このような流用を可能にしたのは、とりもなおさず『昌黎先生集』と『韓集擧正』が、ともに南安軍で刊行されたこと、そしてまた兩書はほぼ同時に刊行されたことに由ると考えられるのである。

兩書の緊密な關連性は、いま靜嘉堂文庫本のどこにも方崧卿の名を見出せないものの、『韓集擧正』でこと細かに示されている方崧卿の校訂の結果が靜嘉堂文庫本にはほぼ忠實に寫されていて、③抄補の多い殘本ではあるものの、紛れもなく方崧卿校訂本『昌黎先生集』の一部であると斷定することができるのである。ともにすっきりとした美しい字體であること、刻工も鄧鼎・蔡和・胡元の三名が重複すること、版式がまったく同じであることなど、兩書は幾つかの特徴を共有し、他に存在を見ない貴重な宋原刻本である。

注③　古典研究會叢書本『韓集擧正』の「韓集擧正異同表」に、擧正と靜嘉堂文庫本『昌黎先生集』との校合結果が示されている。

三

靜嘉堂文庫本『昌黎先生集』の刋年に關して言えば、跋文の書かれた「淳熙己酉二月朔日」、卽ち孝宗の淳熙十六年（一一八九）二月一日と考えてまったく問題はない。避諱の狀況も、殘十卷までの狀況ではあるが、孝宗の諱の昚を避けて愼の末筆を缺くところまでが確認できる。また、この年月が方崧卿の知南安軍の時期と重なることは、上述の周必大の「方君崧卿墓誌銘」や『宋史翼』などの傳記史料が、方崧卿の南安軍在任期間を淳熙十二年（一一八五）春から吉州（江西省吉安市）に轉出した紹熙元年（一一九〇）春まで、卽ち淳熙十六年末までとすることとも矛盾しない。

それでは、ほぼ時を同じくして刋行されたと推測される大倉集古館本『韓集擧正』の刋年はどうか、方跋の「淳熙己酉二月朔日」に問題はないのか、という點について檢討しておきたい。

實は、私は大倉集古館本『韓集擧正』の解題で、同書にはこれまで四庫館臣をはじめ誰も指摘していなかった南宋・光宗趙惇の名を避ける「敦」字の缺筆が存在すること（擧正卷二・第十葉裏「寄崔二十六」の「敦敦凭書案」句及び小注中の「敦」字）に氣づき、『韓集擧正』の刋行は光宗卽位後でなければならず、元號の變わる紹熙年間以後のことと斷じた。しかし、この『韓集擧正』の刋年に關する私の判斷は、最も基本的な史實のチェックを怠ったことによる明らかな誤りであった。

私の誤りに對する指摘は、『韓愈集宋元傳本研究』（二〇〇四年、六月。北京・中國社會科學出版社）及び『韓集擧正彙校』（二〇〇七年、十二月。南京・鳳凰出版傳媒集團・鳳凰出版社）の著者である韓愈集研究の專家、劉眞倫氏によって『韓集擧正彙校』「前言」の「二、現存宋本爲淳熙南安軍原刻本」でなされた。劉氏の指摘のポイントは次の三點である。

一、『韓集擧正』が南安軍で刊行されたことは『直齋書錄解題』の記載などで確實であり、方崧卿の知南安軍の期間は、淳熙十二年春から紹熙元年春までの間である。

二、一般に跋文（後序）は、書物の板刻がほぼ終了した時點で書かれるものであり、「淳熙己酉二月朔日」は『昌黎先生集』四十巻等韓愈集の板刻がほぼ完了した日である。

三、「淳熙己酉二月朔日」は、實は孝宗が皇位を皇太子趙惇に譲る内禪の前日に當たり、韓愈集の刊行に引き續いた『韓集擧正』刊行のための最終點檢で新帝の諱字を發見して「敦」字の缺筆が行われた。しかし、新帝の避諱はそれ以上行う時間的餘裕はなかった。

以上三點の指摘のうち、第一第二の二點は私も氣づいていたことで、第三の指摘が私の見落としていた最も重要なものであった。つまり、私の誤りの原因は、新帝の即位と改元・改年が常に一致しているものと思い込んでいたことにある。現實問題としてそのようなケースはむしろ稀なことと言わざるを得ない。あらためて『宋史』巻三十六・光宗本紀によって孝宗から光宗への皇位繼承、すなわち内禪の状況を確認すると、その動きは、光宗即位の前年、淳熙十五年（一一八八）から始まっていた。

淳熙十五年（一一八八）十一月　孝宗、病いと政務の疲れのために皇位を皇太子に禪りたいとの内禪の意を周必大等の重臣にもらす。

同　十二月十一日　孝宗、周必大等に内禪の典禮の準備を命ず。

同　十六年（一一八九）正月二十日　孝宗、内禪の敕諭を下す。

二月二日　内禪し、光宗即位。

十一月十四日　光宗、明年を紹熙元年に改元するとの詔を下す。

淳熙十六年は五月の後に閏月が置かれているから、光宗は十二ヶ月の間、先帝孝宗の年號をそのまま繼續していたことになる。おそらく跋文の書かれた時から數日の時間の中に『擧正』刊行の最終チェックが行われ、新帝誕生の最初の痕跡が「敦」字の缺

筆として殘ったのであろう。因みに、南宋の高宗・孝宗、そして光宗自身もまた內禪によって皇位の繼承を行っているのである。

四

『昌黎先生集』の成立については、上掲の劉眞倫著『韓愈集宋元傳本研究』が廣汎にして且つ緻密な調査研究を行っており、同氏の『韓集擧正彙校』とともに韓愈研究者必讀の書である。劉氏の研究により、方崧卿の韓集校訂の意義が再評價され、大倉集古館本『韓集擧正』と靜嘉堂文庫本『昌黎先生集』の存在價値もあらためて見直されることは必定である。

古典研究會叢書　漢籍之部　第三十八卷

昌黎先生集

令和元年五月二十一日　發行

原本所藏　靜嘉堂文庫
解　題　佐藤　保
出　版　古典研究會
發行者　三井久人
本文製版　モリモト印刷株式會社
中　臺　整　版
日本フィニッシュ
印　刷　モリモト印刷株式會社
發　行　汲古書院
〒102-0072　東京都千代田區飯田橋二―五―四
電　話　〇三(三二六五)九七六四
ＦＡＸ　〇三(三二二二)一八四五

第三期十一回配本

ISBN978-4-7629-1196-5　C3398

古典研究會叢書　漢籍之部

第一期

- 1～3　毛詩鄭箋（靜嘉堂文庫所藏）　各12621円
- 4　論語集解㈠（東洋文庫藏正和四年本）　15000円
- 5　論語集解㈡（醍醐寺藏文永五年本巻第七）（東洋文庫藏文永五年本巻第八）　8000円
- 6　呉　書（靜嘉堂文庫所藏）　15000円
- 7 8　五行大義（穂久邇文庫所藏）　各14000円
- 9～15　群書治要（宮內廳書陵部所藏）　各13000円
- 16　東坡集（國立公文書館內閣文庫所藏）　12000円

第二期

- 17～28　國寶史記（國立歴史民俗博物館所藏）　各16000円
- 29～31　國寶後漢書（國立歴史民俗博物館所藏）　各16000円

第三期

- 32　王右丞文集（靜嘉堂文庫所藏）　13000円
- 33～35　分類補註李太白詩（尊經閣文庫所藏）　各13000円
- 36 37　李太白文集（靜嘉堂文庫所藏）　各13000円
- 38　昌黎先生集（靜嘉堂文庫所藏）　12000円
- 39　韓集擧正（大倉文化財團所藏）　13000円
- 40～42　白氏六帖事類集（靜嘉堂文庫所藏）　各13000円

（本体価格を表示）